つい昨日のできごと

父の昭和スケッチブック

小手鞠るい

平凡社

もくじ

絵
川瀧喜正

装丁
小川恵子
（瀬戸内デザイン）

つい昨日《きのう》のできごと

プロローグ――蠍座《さそりざ》の父

――優しいお父さんですね。

――小手鞠さんは、お父様に愛されて育ったんですね。

――きっと、幸せな子ども時代を過ごされたんですね。

――うらやましいです。


私の父に会ったり、父と話をしたりしたことのある友人、知人、仕事仲間から、よく言われる。異口同音に「優しいお父様」と。

そんなとき私は、ただ頰に笑みを浮かべて黙っている。この笑みは苦笑いに近い。

「違うんですよ、本当は」

と、言いたい気持ちをぐっと抑えている。

「あの人は外面《そとづら》だけが良うて、内面《うちづら》はさっぱりじゃ」

毒舌家の母の口癖を思い出しながら。

父は厳しい人だった。特に子どもの教育に関しては、厳しかったと思う。子ども時代、私と弟は「頭が悪くなる」という理由で、テレビを見ることを禁じられていたし、私は少女漫画も読ませてもらえなかったし、弟は少年野球をやめさせられた。「そんな暇があったら勉強しろ」と言われて。

夕方、テーブルに着いて食事を始めると、決まって父の叱責と説教が始まる。いったい、私と弟がどんな悪いことをしたのか、まったく思い出せないのだけれど、とにかく晩ごはんの時間、イコール、叱られる時間だった。

決まり文句は「そんなことをする人間が、どこの世界におる！」で、この台詞《せりふ》を聞かされるたびに、ああ、一刻も早く食べ終えて、自分の部屋へ逃げ込みたい、と思っていたものだった。

母は母で、激しい口調で言い返す。子どもたちをかばっている、というよりも、父に喧嘩《けんか》を売っている、という感じだった。

「あんたは食事時になると、いっつも、がみがみ言い始める。せっかくのごはんがまずくなる。最低じゃ」

最低だったのかどうかは別として、とげとげ、寒々としていたことだけは、確かだった。家族団欒《だんらん》のひととき。このような言葉は、うちの家には存在していなかった。その日、学校で何があったか、などについて話しながら、和気《わき》藹々《あいあい》と、親子が笑顔で語り合う。などといった光景とは、およそ無縁だった。でもそのおかげで、自分の部屋へ駆け込んだあとは、ひたすら勉強と読書に没頭していたのだから、父の教育方針は成功していた、とも言えるだろう。

世界中のどこを探しても、そんなにも悪いことをする人間はいない、と言われるほど、私と弟は悪いことをしていたのか、と思うと、今の私はやっぱり頰に笑みを浮かべてしまう。この笑みには、父に対する温かい感情がこもっている。

お父ちゃん、大変だったな。

私は中学生、弟は小学生。あの頃、父はまだ三十代だったのだ。私には子どもがいないけれども、いたとすれば、今の私の子どもくらいの年齢ではないか。

今の私が遠い子ども時代を振り返りながら書くと、こうなる。

会社で腹の立つことも多々あったに違いない。思い通りに行かない自分の人生に対して、悶々としていたのかもしれない。お金の苦労だってあったはずだ。うっかりそこに触れると爆発する。優しそうに見える父の心のどこかには、そんな地雷のようなものが埋まっていたのではないか。

私の勉強机の上が散らかっているのを目にすると、窓をあけて、机の上の物々を両腕でざーっと払うようにして、窓の外に投げ捨てられてしまい、私は泣きながら夜の庭へ飛び出していって、ノート、本、鉛筆、ペン立て、消しゴム、置き物、電気スタンド、割れたカップのかけらなどを、ひとつひとつ、拾い集めていた。そんな記憶がよみがえってくる。

まあ、そのおかげで、大人になってからも、今も、私の仕事机の上、のみならず、我が家はどこもかしこもすっきりと片づいているのだから、文句は言えまい。とはいえ、引き出しの中やクローゼットの中などは、ごちゃごちゃになっている。要は、父の目に入らないところは片づけていない、ということです。

父は若かりし頃から、絵や漫画を描くのが得意で、好きだった。

家の中でも、外でも、しょっちゅうスケッチブックを広げて、さらさらと何かを描いていた。会社から持ち帰ってきた描きかけのポスターか何かを、夜遅くまで時間をかけて懸命に仕上げている姿を何度も目にしたことがある。

「ほんまは、漫画家になりたかったんよ」

こう言ったのは父ではなくて、母だった。母はそう言ったあと「そんなもん、なれるわけがねぇ」と、意地悪っぽく付け加えることも忘れなかったけれど。

父は、いわゆる筆まめな人だった。

郷里の岡山を離れて、京都で私がひとり暮らしの学生生活を始めた頃から、ときどき思い出したように、葉書や手紙を寄越してくれた。電話ではなくて、いつも葉書か手紙。そこには、イラストや漫画が添えられていることが多かった。私からの返事も葉書か手紙。

いつしか、父と娘の文通が始まっていた。それは今も、つまり五十年以上も続いている。あるとき、この話を仕事仲間にすると、彼女はこう言った。

「信じられません。なんて優しいお父様。こまめに娘に手紙を書いて送ってくるなんて。しかも漫画入り！」

一九九二年（平成四年）に、私がアメリカに移住してからは、月に二、三通の頻度で、父からエアメールの手紙が届くようになった。文通はほぼ習慣化したと言っていい。

その手紙にも毎回、漫画が添えられていた。両親の近況を知らせる他愛のない絵だった。私にとっては見慣れた父の漫画だったから、特に深い感慨も感動もなく、さして有り難いとも思わず、引き出しの中に突っ込んでおくだけだった。引き出しがいっぱいになってくると、まとめて処分してきた。

ある年の帰国中、父と大喧嘩をしてしまい、それから一、二年ほどのあいだ、父からの手紙は途絶えていたものの、なんらかのきっかけがあって仲直りをしてからは、また届くようになっていた。私は私で、大喧嘩をしてアメリカに戻ってきたあと、それまで適当に保管していた手紙を全部、捨ててしまった。よほど、腹が立っていたのだろう。今にして思えば、もったいないことをしたなぁ、と反省している。

それから何年かが過ぎたある年、父から小包が届いた。

あけてみると、ぶあついコピーの束が出てきた。父の描いたスケッチブックをコピーしたもので、タイトルは「マンガ自分史」と、付けられている。

全部で四冊。

伊予の宇和島よいところ（1931〜1943）
岡工時代（1943〜1949）
東京てんやわんや（1950〜1952）
楽しきかな子育て三昧（1953〜1963）

父が生まれてから、少年時代、青年時代を経て、母と結婚して私と弟が生まれるまでのできごとを、漫画日記のようなスタイルでまとめてある。「昭和絵日記」と、私は名づけた。もうちょっとかっこ良くするなら「昭和クロニクル」だろうか。

よく、こんなものを描いたな。

定年退職をして、よっぽど暇なんだろうな。

そんなことを思った。このときにも、大きな感慨も感動もなかった。スケッチブックのコピーはそれから十年近く、引き出しの奥で眠り続けることになる。

ここで突然、少女趣味な私が顔を出すことを許していただきたい。

父は一九三一年（昭和六年）十一月二十日生まれ。星座は蠍座である。

私の持っている数冊の星座占いの書物を紐解くと、蠍座の性格はおおよそ、このように言い表されている。以下、私の抜粋と要約です。


総じて相手を思いやることのできる星座。気持ちのつながりを基本とした、深い人間関係を作っていこうとする傾向にある。死と再生、変容の星。人が意識していないような心の暗い面に目を向けている。自分の内面の闇に敏感である。洞察力と粘り強さの持ち主。執念深く、嫉妬心が強い。内なる価値観を大切にするあまり、他人の意見や考えを無視してしまいやすい。自分の価値観を満足させられるような仕事に就くことを望んでいる。自分にとって大切なことだと思ったことには命を張れるし、それがどんなに苦しくても、楽しくて仕方がないと思うことができる。

なるほどなぁ、と納得する。

私の夫に言わせると「それって、魚座のきみの性格でもあるし、水瓶座の僕の性格でもあるよね」となるのだけれど、それはさておき。

他人には優しく、身内には厳しく、父は、大きな変動のあった昭和時代を執念深く、生きてきたに違いない。戦中は死と隣り合わせになりながら、戦後は蠍のように脱皮を繰り返しながら、心に戦争という闇を抱えて。

父は今、九十二歳。二〇二四年の十一月には九十三歳になる。私の郷里の岡山で、ひとつ年下の母の介護をしながら、元気で暮らしている。

父というひとりの男。平凡といえば平凡。特別な偉業を成し遂げたわけでもない、言ってしまえば、どこにでもいるような市井の人間が九十年あまり、生きてきた道筋をたどりながら、私はこれから、昭和時代のあれこれ、昭和に起こったさまざまなできごとを、私なりに振り返ってみようと思う。

完成させたこの作品を、果たして、父に読んでもらえるのかどうか。言ってしまえば、間に合うのかどうか。一寸先は闇に包まれているけれども、それでも、何はともあれ、書き始めよう。

かたわらに、父のスケッチブックを置いて。

書き上げて、できあがった本をプレゼントしたら、父はこう言って、私を叱るだろうか。

「こんなものを書く人間が、どこの世界におる！」

私は思いっきり、叱られたいと思っています。

＊本作では「章」の代わりに「夜」と書きます。思い出を語るには夜がふさわしいと思うから。これから毎晩、父と娘の昭和話をひとつずつ、聞いてやってください。

第一夜　つい昨日のできごと――『アップルソング』

二〇二三年の九月から十月にかけて、夫といっしょに日本帰国の旅をしていた。

これは三年ぶりの里帰りだった。毎年、秋には帰国していたのだけれど、例のウィルスによって、年に一度の竜宮城行きを阻まれていたのだった。

東京から、郷里の岡山へ。岡山で岡山大学の夏期講座の講師を務めたあと、京都、奈良へ。最後の一週間は安曇野に滞在して、ジャパンアルプス登山。京都から安曇野までは、夫の希望をまるごと取り入れた計画だった。

ここで少し、夫の紹介をしておく。彼はハワイ州ホノルル出身のアメリカ人で、実は「夫」と呼ぶのがどうにも気恥ずかしいというか、違和感があるというか、もちろん私自身にも妻という自覚がほとんどなく、ふだんは家の内外で、互いにファーストネームのちゃん付けで呼び合っていることもあり、本書では以後「少年G」と書くことにします。

なぜ、少年なのか。

六十代になったばかりのある日、彼が「きょうから僕は、毎日を小学生の夏休み気分で生きる」と宣言したから。Gはファーストネームの頭文字。

大学を卒業したあと来日し、アメリカに戻るまでの八年ほど、私といっしょに日本で暮らしていた。中学生の頃から日本語を勉強してきたので、日本語の読み書き、会話はもちろんのこと、昨今では、会社経営のかたわら日本語で本を書く、という、趣味と実益を兼ねた離れ業《わざ》までやってのけている。

とにかく日本が大好きで、いつだって日本へ行きたくてたまらない。私が「イエス」と首を縦に振れば、日本にセカンドハウスを買って、一年の半分は日本で暮らしたいと願っている。一方の私はアメリカが大好きで、できればどこへも行かないで、一年中ずっとアメリカにいたいくらいなので、イエスとは言わないのだけれど。

閑話休題。

成田空港に着くなり、

「ああ、帰ってきた。うれしい。僕は日本にいるだけで幸せ」

日本への愛をつぶやいた少年Gが、岡山駅の周辺を散歩しているときに、こんなことを言うではないか。

「僕は岡山が大好きだけど、いつ来ても、ここには魂がないと感じるなぁ」

魂がない？

びっくりした。

「ええっ、どういうことなの、それは」

「下町情緒に欠けるってことかな。城下町情緒がないっていうか」

そう言われてみると、確かに情緒はないのかもしれない。

駅前からまっすぐに、後楽園と烏城《うじよう》に向かって伸びている太〜い幹線道路、桃太郎通り。路面電車は走っているものの、風景には情緒のかけらもない。道路の両脇には、美的センスに欠ける、灰色と茶色のビルがずらりと立ち並び、駅周辺の裏通りには、居酒屋やバーやスナックやファストフード店などが犇《ひし》めき合っている。大雑把な書き方になっています。ごめん、岡山。

「この桃太郎通りが太過ぎるんだよ。のっぺりしている」と、少年G。

「そうよね、信号待ちをしているあいだにカップラーメンができあがって、渡り切るためには短距離走のダッシュをしなくちゃならないんだものね」

情緒がないことを、私たちはまっすぐな大通りのせいにした。ごめんん、桃太郎通り。

その朝、少年Gと別れて岡山大学へ向かう、別の大通りの歩道を歩いているときに、私ははたと気づいた。

歩きながら、膝を叩きたい気分だった。

アメリカじゃないか。

岡山から魂を抜き取ったのは、情緒のない町にしてしまったのは、アメリカではなかったのか。


ここで、父の昭和絵日記の第2巻「岡工時代」を開いてみる。

岡工というのは、岡山工業学校の略称で、現在の岡山県立岡山工業高等学校のこと。

十三ページに、こんな記述がある。

昭和20年6月29日、午前2時30分から岡山空襲。30日朝、西大寺(今の東岡山)から線路の上を歩いて来てみると、南方の家並は残っていたが、何と、校舎は焼け落ちて、跡形もない！　北隅の機材倉庫と校門柱だけが残っていたのをみて、ガックリした。

昭和20年6月29日、午前2時30分から岡山空襲。
30日朝、西大寺（今の東岡山）から線路の上を歩いて来てみると、
南方の家並は残っていたが、何と、校舎は焼け落ちて、跡形もない！

北隅の機械倉庫と校門柱だけが
残っていたのをみて、ガックリした。

市内の焼跡の惨状は目をおおうばかり。
B29-143機が
焼夷弾を雨アラレと落した。「空襲警報が出なかった」"岡山無警報空襲"
と言われている。
寝込みを襲われて直撃弾をうけたり、防空壕や地下室で
窒息死した者も多かった。

沖縄へ米軍上陸

[死者1,725人　負傷927人　家屋焼失 3万5196（約66%）　10万4,600人罹災]

ページの左下の隅には、ぎざぎざの付いた円形で囲まれている「沖縄へ米軍上陸」という文言。

このとき、父川滝喜正《よしまさ》は、十三歳。正真正銘の少年Kである。岡山無警報空襲によって川滝少年が亡くなっていれば、私は生まれてくることができなかったのかと思うと、この戦争と私には、切っても切り離せないつながりがあるのだと実感できる。

この戦争は「つい昨日のできごと」であったのだ、と。

ページをめくると、岡山駅が出てくる。

漫画には、焼死体を目の前にして「ヒエーッ　みんな黒コゲだ…」と叫んでいる川滝少年の姿が描かれており、そのそばに「岡山駅の貨物倉庫いっぱいに空襲で亡くなった人が300体も並べられている地獄図に大ショックをうける！」と書かれている。

想像してみる。十三歳の私が三百人もの焼死体を目の当たりにしている姿を。顔や手の焼けただれた人たちが担架で運ばれてくる姿を。場面としては想像できるけれど、私の抱いている感情は、うまく想像できない。正確に書くと、どんなに想像しても、現実は私の想像をあざ笑うだろう。六十八年以上も生きてきて、私は死体というものを目にしたことさえないのだから。

父は心に戦争という闇を抱えていた、と、プロローグに書いたばかりだけれど、この「闇」という言葉さえ、三百体の焼死体の前では、無力な気がしてならない。つまり、表現者としては、逃げの言葉だろう。十三歳の父が抱え込んだものは、闇ではなかった気もする。そんな単純な言葉では、言い尽くせないようなもの。

では、なんだったのか。

父が抱えていたものはおそらく、この私にも引き継がれているはずだ。望むと望まざるにかかわらず、遺伝子のひとつとして。

それはどんな遺伝子なのか。わからない、今はまだ。

この作品を書き上げる頃にはうっすらと、見えてくるのかもしれないし、来ないのかもしれない。それでいい。簡単に結論が出るようなことは、書かれなくてもいいのだ。作家が書こうとして、書けなかったこと、書かれなかったことの方にこそ意味がある。真実はそこにこそ在る。今の私は、そう思っている。

岡山駅の貨物倉庫いっぱいに
空襲で亡くなった人が
ヒエ〜ッ
みんな
黒コゲだ....
300体も並べられ
ている地獄図に
大ショックをうける！
それからは、焼跡整理の毎日が続く。
やがて、8月6日、広島へ原爆。
当時は「新型爆弾」で、街が
全滅したらしいときく。
そのうち岡山駅へ入る列車で
顔や手の焼けただれた人らが
担架で運ばれてきだし
「原子爆弾」だと
わかるまでは、
様々な
流言がとびかっていた。
ピカドンで 広島 8月6日 20万人 長崎 8月9日 12万人 死亡
-14-

たまたま、ゆうべ読んでいた『夜』という作品の中にこんな文章を発見して、私は唸りながら線を引っ張った。

作者は、エリ・ヴィーゼル。アウシュヴィッツから生還した、ホロコーストの生き残りである。当時のヴィーゼルと父の年齢は、ふたつしか違わない。

記憶が溢れでることは、それが貧困になってゆくのと同程度に有害になる惧れがある。記憶が真実に近くあるようにと期待しつつ、その溢出とその貧困化とのあいだにあって節度を選んでゆくのが、私たちに課された責務なのである。

ちなみに、岡山駅の貨物倉庫があった場所には現在、全国チェーンの大型ホテルがそびえ立っている。私たちも何度も泊まったことがある。決して魂のないホテルではありません。今回の帰国時にも、ホテルの二階にある和食店や中国料理店で、友人や仕事仲間たちと食事をした。

食事をしているときには、私は思い出しもしなかった。自分が今、楽しく食べたり飲んだりしている、同じこの場所で、父がかつて黒焦げの遺体を目にして「地獄図に大ショック」を受けたことなど。

ただ、この年の帰省中、駅周辺と桃太郎通りにはなぜ魂がないのか、私なりの答えを得たと思った。それは、アメリカ軍が空襲で、古き良き町を徹底的に壊してしまったせいだったのだ。

無警報空襲、三百体の黒焦げの死体、焼け跡の整理――の次のページに描かれている漫画は「ダダダダーン」から始まっている。白抜きの大きな文字。

父の乗っている通学列車を空から攻撃しているアメリカ軍の戦闘機。その下には「この日、グラマン機数10機来襲。列車の機関手他死者44人。負傷169人。幸い、田植えあとの水田を泥まみれで逃げて、九死に一生を得た」という父の姿。

一九四五年（昭和二十年）七月二十四日のできごとである。

あれは、数年前の夏のことだった。私は何気なく、スケッチブックのこのページを写真に撮って、SNSに投稿してみた。八月だったし、なんとはなしに戦争の話題でも取り上げてみるか、というような軽い気持ちだった。

忘れられないのが
通学列車で
グラマン機の機銃掃射を
うけたこと。(S.20年7月24日)
岡山〜西大寺間にて。

この日、グラマン機数10機来襲。
列車の機関手他死者44人。負傷169人。
幸い、田植えあとの水田を泥まみれで逃げて、九死に一生を得た。

ところが、この投稿に対して、尋常ではない反響が返ってきた。それまで、私の投稿を見て反応してくる人の数はせいぜい百人程度だったのだけれど、父の「ダダダーン」への反応は、桁数が違っていた。画面を見ていると、一秒ごとにコメントが入ってくる。いわゆる「バズる」という状態になっている。中には「この戦闘機はＦ４Ｕコルセアです」と、丁寧に指摘してくれた人もいた。

あのときは本当にびっくりした。

しかも、閲覧者は異口同音に、父の漫画を褒めているではないか。

――悲惨なできごとを描いているのに、ユーモアがあって好感が持てる。

――温かい感じ、優しい感じのこの絵がなんとも言えず好き。

――手書きの文字がいい。もっとお父様の漫画を見たい。

――お父様のファンになった。ぜひこの漫画を出版していただきたい。

この反響を真に受けて、急遽、私は児童書を書くことにした。いっしょに仕事をしている児童書の編集者が父の漫画を以前から気に入ってくれていたことを思い出して、彼女に声をかけてみたところ、即決で「出しましょう」というお返事。児童書として書こうと思ったのは、父の戦争体験を私が書き残して伝えたいのは、子どもたちだと思ったから。自分の意志の有無にかかわらず、戦争とは、子どもを巻き込み、洗脳し、一億総玉砕まで連れていってしまう、そんな恐ろしさがある、ということを、私は子どもたちにこそ、伝えたかった。

こうしてできあがったのが『川滝少年のスケッチブック』（講談社）である。四冊の絵日記のうち、少年時代の二冊は、ほぼそのままの形で掲載されている。

この本が完成したとき、父はこう言って、喜んでくれた。

「これで、長生きができるなぁ」

なんという旺盛な生命力だろうか。なんという楽観主義。

父はこのときすでに九十代。「いい冥土の土産ができた。これで思い残すことはない」と言うのが普通ではないだろうか。親に向かってそんなことを言う娘がどの世界におる！　という声が聞こえてきそうですが。

児童向けに書いたこの作品。蓋をあけてみれば、父と同世代の戦争体験者から、そして私と同じ、戦争体験者を親に持つ世代など、年配者からの支持と共感、熱いエールをたくさんいただいた。一方で、プロの画家、イラストレーターからは、父の絵に対する過分な評価をいただいた。「線に迷いがない」「建物の絵がうまい」「上手過ぎないところがいい」「お父さんはプロの漫画家ですか」などなど。

ところで、SNSでの反響がすごかった、ということを父に説明するのに、私はとても苦労した。何しろ父は、パソコンも、スマートフォンも持っていなくて、当然のことだけれど、ネットもメールも使ったことがない。固定電話には、留守番機能すら付いていない。そんな父にSNSをどう説明すればいいのか。

「お父ちゃん、わかる？　私が原稿を書いているパソコンがあるでしょ。そのパソコンで、私がなんらかのメッセージを発信すると、いろんな人がそれを見て、反応してくる。アメリカだけじゃなくて、日本からも。それでね、私がお父ちゃんの漫画を写真に撮って発信したら、たくさんの人がそれを見て『いいね、いいね』と言ってくれて、いろんなコメントを送ってきてくれて……」

あんな説明で、父に理解してもらえていたかどうか、少々、いや、かなり心許《もと》ないけれど、とりあえず、

「そんなわけで『川滝少年のスケッチブック』が出せたんだよ」

と、締めくくっておきました。


アメリカ軍の戦闘機による機銃掃射を受けながら、田植えのあとの水田を泥まみれになって逃げ回って、九死に一生を得た父。

この文章を書きながら、思っている。

お父ちゃん、大変な経験をしたなぁ。

呼びかけると、まるで、どこからか、答えが返ってくるように、父のこんな言葉が思い出される。

「この、食べ物特集とかいうのが大嫌いでな、こんなもん、金輪際、見たくないんじゃ」

帰省中、いっしょにテレビを見たりすることもあったのだけれど、父はテレビで、食べ物やグルメを取り扱った番組が流れ始めると、とたんに機嫌を悪くして、チャンネルを替えてしまう。

「食べ物を粗末にしとる。テレビ局もタレントも、ふざけとる。好かん、こんなふざけた番組！　みんな馬鹿たれじゃ。ええ加減にせんか」

食べ盛りの青少年期を、主食は、じゃがいもと、かぼちゃと、さつまいも、おかずは、蜂の蛹《さなぎ》と、バッタと、いなごと、どんぐりの実を食べて、空腹をしのいできた父である。年端もゆかないタレントたちが「これがおいしい、あれがおいしい」と言いながら、きゃあきゃあ騒いでいる番組は、許し難かったのだろう。

父の魚の食べ方は、異様なまでにきれいだった。私や母や弟が「ごちそうさま」と言って食べ終えた魚を「まだまだ身が付いとる、もったいない」と言って皿を引き寄せる。いわゆる「猫またぎ」という食べ方。

猫や犬が嫌いだった。戦争中には、犬や猫が食料になっていたせいだろうか。

最初で最後の大喧嘩の発端は、盲導犬だった。

視覚障害のある母のために、

「盲導犬くらい、飼ってあげたらいいじゃない」

と言った私に、父は牙をむいて、噛み付いてきた。

「誰が世話をすると思うとる。勝手なことを言うな！」

盲導犬に端を発した父の怒りは、私の仕事にまで向いてきた。

「あんたはなんで、いつまでも、下らんものばっかり書いとるんじゃ。せっかくアメリカに住んどるのに、アメリカからきちんと日本へ発信するべきことを、なんで書かんのじゃ。情けない！」

そんなこと言われても困るわ、お父ちゃん。

その頃の私はひたすら、恋愛小説、すなわち父の大嫌いな「下らんもの」を書くのに夢中になっていたのでした。

あんなにも大変なできごとをくぐり抜けて生きてきたから、あの日の怒りがあり、怒りの爆発があり、優しさがあり、限りない優しさがあり、根性があり、たくましさがあり、しぶとさがあり――あとはなんだろう。今でも、あの戦争に対して、許せない思いがあるのではないだろうか。

戦争が許せない。軍国主義が許せない。もしかしたら、自分もそれに加担していたことが、つまり、軍国少年だった自分が許せない、ということだろうか。これは、あまり大きな声では言えないことだけれど、うちの両親は終始、天皇制を批判していた。「戦争中はな、みんなあの人のために、喜んで死んでいかんといけんかったんよ」と、これは母の発言。

「源氏物語は好かん。こんなもん、天皇家の痴話とスキャンダルが書いてあるだけじゃ。こんなもんが日本文学の代表作じゃ言われたら、腹が立つ！」

父の手にかかると『源氏物語』も三文小説になってしまう。ある年の帰省中、少年Gが苦労して英訳した『源氏物語』の英語ダイジェスト版を手渡そうとしたとき、父はそう言って、受け取ろうとしなかった。少年G、かわいそうでした。

そういえば、私が小学生だったとき、夏休みに母方の祖父母の家へ遊びに行って泊まらせてもらい、帰り際に祖父から、

「これあげる。大事にして、部屋に飾っとき」

と、手土産に渡された、額入りの、若かりし頃の昭和天皇と皇后のツーショットを持ち帰って両親に見せたら、父は「なんじゃ、これは」と、怒り心頭に発していた。母も烈火のごとく怒っていたっけ。

「こんなもんを孫に土産じゃ言うて渡す阿呆が、どこの世界におる！」

これ、この日は、母の台詞。母は自分の父親を「阿呆」と言ったのです。

「捨てとけ」

と、母は言い放った。

彼女はたいそう気性が荒い。明治生まれの、男尊女卑の父親を、ひどく嫌って

いた。私はそんな母がけっこう好きである。

私はその写真を捨てたのだろうか。捨てはしなかった、という記憶がぼんやりとではあるけれど、ある。

「次に遊びに行ったとき、おじいちゃんに返しとけ。ありがとう、せっかく、もろうたけど、部屋が狭くて、飾る場所がないから。そう言うとけばええ」

父の口調は穏やかだった。あれは義父に対する気遣いだったのか。

素直な小学生だった私は、父に言われた通りにしました。

昭和絵日記の続きに戻る。十七ページには、マッカーサー連合国軍最高司令官と昭和天皇が並んで立っている絵が出てくる。

1945年9月27日、天皇がマッカーサーを訪問したアメリカ大使館での歴史的写真が出て衝撃をうけた。天皇の顔をまともにみたのは、これが初めてだったし、しかも、マッカーサーが天皇の上に君臨して、日本を支配するという構造が、この時、日本人全部の目に焼きついた。

1945年9月27日、天皇がマッカーサーを訪問した
アメリカ大使館での歴史的写真が出て衝撃をうけた。
天皇の顔をまともにみたのは、これが初めてだったし、
しかも、マッカーサーが天皇の上に君臨して、日本を支配すると
いう構造が、この時、日本人全部の目に焼きついた。

近衛文麿 服毒自殺（12/16
「リンゴの唄」流行

-17-

そうか、父はこのときまで、昭和天皇の顔を見たことさえなかったんだな、と、このページを読むたびに思うことを、再び思う。

何しろ相手は神様だったのだから、庶民は顔を見ることなど許されていなかった。その人が本当は神様ではなくて、自分と同じ人間であった、と知ったときの衝撃は、いかほどのものだったか。

「若かりし頃、何度も、自分の価値観が大きく、ぐるっと変わったんよ。変わらざるを得んかった、と言うべきか」

そう語っていたことがあった。その「ぐるっ」の第一号がこれだったのだろう。

マッカーサーと昭和天皇のツーショットの右側の十六ページには、敗戦日の様子が漫画と文章で綴られている。

8月15日に重大放送があるので、小学校へ集まれ…と隣組からの指示で、弟をつれて、でかけた。(2年生の夏)あれが、天皇陛下の声? 神国日本が負けた!? そんな馬鹿な…と思った。このあと、阿南陸相が自刃したとのニュースも入り、敗戦を実感した。いよいよ、日本が占領されるのだ!?

8月15日に重大放送があるので、小学校へ集まれ…と
隣組からの指示で、弟をつれて、でかけた。(2年生の夏)
あれが、天皇陛下の声?
神国日本が負けた!? そんな馬鹿な…と思った。

このあと、阿南陸相が自刃したとのニュースも入り、敗戦を実感した。

いよいよ、日本が占領されるのだ!?

まさに、天変動地の出来ごとが
現実になったのだった。

茫然自失….

靖国の社頭に
ひれ伏し号泣する人。

−16−

まさに、天変動地の出来ごとが現実になったのだった。茫然自失……「天が変わる」が正解だったのかもしれない。

天変動地は「驚天動地」が正しい。でも父の気持ちとしては「天が変わる」が正解だったのかもしれない。

ツーショットの下に名前が出ている近衛文麿は、一九三七年（昭和十二年）の第一次組閣を皮切りにして、三度も日本の総理大臣を務めた人物で、第一次内閣においては国民精神総動員法を成立させ、国民も軍と一心同体となって戦争遂行に突き進んでいく態勢を作り上げた。第二次内閣においては日独伊三国軍事同盟を締結し、日本が第二次世界大戦の枢軸国になることを決定づけた。戦争責任はきわめて重大だったと言えるだろう。第三次内閣においては、アメリカとの戦争を回避するための交渉を強く望んではいたものの、あくまでも日米開戦を主張する軍部を抑え切れず、総辞職。敗戦後は、東京裁判で戦犯として死刑になることを予想し、服毒自殺を図ったものと思われる。

複雑な歴史を単純にまとめてしまったけれど、父にとって近衛文麿とは、自分の人生を左右する重要な人物であったに違いない。第一次近衛内閣成立時、父は五歳。第二次のときには八歳、第三次のときには九歳だった。
無邪気な腕白少年たちが、竹馬、独楽回し、ビー玉遊び、ちゃんばらごっこなどに興じているあいだに、日本は着々と、まっしぐらに、全体主義かつ軍国主義国家への道を歩んでいっていた。

近衛文麿服毒自殺（12／16）「リンゴの唄」流行――。
この「リンゴの唄」について、少しだけ。
作詞はサトウハチロー。

赤いリンゴに　くちびる寄せて
だまって見ている　青い空
リンゴは何にも　いわないけれど
リンゴの気持ちは　よくわかる
リンゴ可愛や　可愛やリンゴ

一九四五年（昭和二十年）十月に公開された、戦後初の日本映画『そよ風』の主題歌として発表されるや否や、敗戦後、焼け野原となっていた日本各地で、この歌の流れない日はなかった、というほどの空前の大ヒットを記録した。

歌手の並木路子は、戦争で父親と兄を亡くし、東京大空襲では母を亡くしている。自身も、このときの火災から逃れるために隅田川に飛び込んで九死に一生を得ている。大空襲によって亡くなった無数の人たちの姿を目にしていた彼女は「もっと明るく歌ってほしい」という作曲家からのリクエストに、なかなか応じることができなかったという。

それでも懸命に明るく歌った。その明るい歌声に、敗戦に打ちひしがれていた当時の日本人は大いに励まされた。

父もそのひとりだったのだろう。

この歌が流行してから、わずか十一年後に、私は生まれている。

アメリカに来てから起こった9・11同時多発テロ事件は、今から、二十年以上前のできごとだけれど、私にとってはつい昨日のできごとであるのと同様に、私は、つい昨日まで「リンゴの唄」が流行っていた日本に生まれたのだと思うと、感概深い。

同時多発テロ事件から十三年後の二〇一四年、私は『アップルソング』（ポプラ社）と題した長編小説を上梓した。日本の焦土に流れたリンゴの唄から、ニューヨークの世界貿易センタービル崩壊までのできごとを小説に書いた。

この作品を書いているさいちゅう、ずっと、父の昭和絵日記を仕事机の上に広げて、置いてあった。父の絵日記は、これ以上の資料はない、というほど格好の資料となった。特に漫画の力が大きかった。活字で書かれた資料は、ごまんとある。漫画には、活字にはない迫力と省略があって、省略されている部分があるからこそ、そこから私が想像して生まれる光景、というものがある。その想像力が作品に強さを与えてくれたのではないかと思う。こうして私は、引き出しの奥で長きにわたって眠り続けていた父のスケッチブックを、やっとのことで取り出して活用したのでした。

『アップルソング』を書き上げて、できあがった本を父に送った。父から、作品を褒められたのは、あのときが初めてだったと記憶している。

「よく調べて書いてある。よう書いてくれた。いい作品を読ませてもらった」

言葉少なではあったものの、父は褒めてくれた。恋愛小説で賞を取ったときにはひとことも褒めてくれなかった父がやっと、褒めてくれた。

お父ちゃん、あのときは、うれしかったよ。

あのときだけは、優しいお父さんだと思ったよ。

無警報空襲で焼かれた家々の瓦礫の中から、この作品の主人公である赤ん坊を救い出す人物のモデルは自分である、と、父にはわかっていただろうか。

父をモデルにして作り上げた人物、希久男が赤ん坊を救い出す場面を、ほんの少しだけ、紹介しておきます。


俺はここにいる。

「お国のため」ではなくて、何かもっと大事なことのために、自分は今、ここにいて、こうして生かされているような気がしてならない。祖父母や両親やきょうだいたちが、「お国のために死んだ」などと、希久男には思えなかったし、思いたくもなかった。お国よりも米鬼よりも、もっと大きな、何もかもを呑み込んでしまう悪魔のようなものに、家族は「みな殺しにされた」のではないか。ついさっき耳にした、女の人の言葉が脳裏にこだましていた。日本はもう終わりじゃ。戦争は負けじゃ。さっさとやめんと、ひとり残らず焼き殺されて、全滅じゃ。

そんなことはない、絶対にない、と、今朝までの希久男なら、言い切ることができた。日本は負けない。絶対に負けない。だが、今はそうは思えない。あの人の言ったことは、正しいと思える。目の前にあるこの光景が、それを証明している。遅かれ早かれ、我々は全員、焼き殺される。それが本土決戦、一億総玉砕の実態なのだ。

ほんの少しと言っておきながらも、もう少し。実際に「リンゴの唄」が聞こえてくる場面を。

希久男はよく、子守歌のかわりに「リンゴの唄」の替え歌を歌ってやった。敗戦の年の暮れ頃から、そこここで聞かれるようになった歌謡曲だ。〈中略〉

悲しいわけでも、悔しいわけでもないのに、歌っていると不覚にも、希久男の頬を涙が伝っていく。鼻の奥がツンとして、鼻水が流れ出す。悲しいわけでも、悔しいわけでもなく、言ってしまえば言葉を超えた、巨大な渦巻きのような感情が、静かに、激しく、こみ上げてくるようなのだ。失った家族と得た家族と、焼き尽くされた過去と焼け残った未来が、希久男の体を通して「リンゴの唄」を歌い上げているようなのだ。それでも生きていくぞという意地と意志、それでも生きていかなくてはならないのかというやるせなさと、あきらめの狭間で。


ここで一気に時間が飛んで、一九九九年（平成十一年）のお話。

私がアメリカに移住してから七年後、両親は飛行機に乗って、私たちの暮らすニューヨーク州ウッドストックを訪ねてきてくれた。

私と少年Gはふたりを車に乗せて、あちこちへ連れていった。うちから車で一時間ほど離れたハイドパークという町にある、フランクリン・ルーズベルト元大統領の生家および記念館へも足を伸ばした。ただの観光名所として、あまり深い考えもなく。

広大な敷地には、記念館のほかに、ハイキングコースや桜並木やハーブガーデンなどもあり、薔薇園のそばには夫妻がいっしょに眠る墓があり、ハドソン川を眼下に眺め下ろせる生家は、申し込めば内部を見学できるようになっている。

フランクリン・ルーズベルトといえば、両足が不自由なために車椅子を使っていた大統領で、今でも人気大統領ベスト五に入るほど、アメリカ国民からは愛されている。

日本軍による真珠湾攻撃が決行された翌日に「我々は、日本に辱めを受けた。恥辱の日を忘れてはならない」と、ラジオで国民に呼びかけて、アメリカの抗戦ムードを一気に盛り上げたことでも知られる。彼はまた、広島と長崎に投下されることになる原爆を生み出す「マンハッタン計画」を押し進めていた大統領でもあった。

つまり私は深い考えもなく、あまりにも因縁の深い大統領の生家へ、両親を案内したことになる。

ふたりの日本帰国後、父から送られてきた「ニューヨーク食べ歩る記」のコピーには、この記念館を訪問したときの漫画に、こんなコメントが添えられていた。

今日の観光は… ハドソン川近くの丘
にあるルーズベルト記念館

Roosevelt - Vanderbilt NHS
National Park Service
U.S. Department of the Interior

11:30AM 12

Meet at the Tourist
Information Center

Return card to the Ranger

ルーズベルト記念館の
展示物をみて回り、
あらためて、50年前の
日米戦争について考
えさせられた。

「なぜ日本は、こんな大きな国と
戦争したんだろうか？」
「なぜ、もっと早く戦争止めなかったのか」と。

「なぜ日本は、こんな大きな国と戦争したんだろうか？」

「なぜ、もっと早く戦争止めなかったのか」

これは父に限らず、父と同じ時代を生きた人たちが戦後、実感したことだったのではないだろうか。

ルーズベルト効果は大きかった。いや、アメリカ旅行効果と言うべきか。百聞は一見にしかず。

父はそれ以降、事あるごとに、

「アメリカはええ。アメリカはりっぱな国じゃ。アメリカは素晴らしい。大統領も国民が選べるし、国王も天皇もおらんのがええ。男女平等もええ。女性が活躍しているのもええ。人種や民族が入り交じって暮らしているのもええ。国民重視の小さな政府主義いうのもええ。開かれた社会じゃ。階級制度がないのもええ」

と、なんでもかんでもアメリカを褒めたたえるようになった。

少年Gはそのたびに、地団駄を踏んでいる。

「お父さん、それは違いますよ。アメリカはね……」

アメリカの悪口を言いたくてたまらない少年Gの言葉を遮って、私は声高らかに言う。

ここからの会話は、両親のウッドストック訪問中、我が家の庭で。

「お父ちゃん、その通りだよ。いい国でしょ、アメリカは。生活大国なんだよ、ここは。私みたいな移民にだって家が買えるし、社会保障も健康保険も年金もくれる、太っ腹な国なんだから。ほら、大自然だって、こんなに素晴らしいしね」

すると、そばで話を聞いていた母が言った。

「そうじゃ。ここは楽園じゃ。おまえらはもう二度と、日本へは戻ってくるな。里帰りはしても、日本には永住帰国をするな。永久にアメリカにおれよ」

少年Gは深いため息をついて意気消沈。

私は鬼の首を取ったような気分。

戦中戦後、あまりにも苦しい生活を送ってきた両親にとっては「なぜ、こんなにも自由で、大らかで、豊かな国と、あんな無駄な、空しい、忌々しい、悲しい戦争をしたのか」と思う気持ちが大きくて、それゆえに、過剰なまでにアメリカを賛美してしまうのだと、もちろん、私にはよくわかっているのですけれど。

29日は
ウッドストック
へ出て昼食
BAKERY BRACFAST RUNCHで
「メスクルーン」（ミックス・サラダ）を食べる。
カフェイン
抜きの
デカフェ
コーヒー
が
はやり
トマト・レッドキャベツ＆タンポポ
周囲の目を気にしない
アメリカ人のフランクな気質。
お互の自由さを、心から楽しん
でいる。
パン＆
バター
少々の雨
なら平気で
濡れて歩
いてるなァ
みんなTシャツと短パンがよく似合う。

第二夜　軍国少年ができあがるまで、あるいは軍国少年の作られ方

これは本当に、正真正銘の、つい昨日のできごとである。

作品を書いていると、ときどき、こんな不思議なことが起こる。

第二夜の冒頭をどう書こう、何からどう書き始めればいいだろう、と、創作ノートを開いて考えているまっさいちゅうに、ヒントというか、素材というか、そういうものが向こうからすーっとやってきてくれる。というようなできごと。これも以心伝心の一種なのだろうか。渡りに船が正解かな。

昨日、東京都内の小学校の図書館の司書の方がSNSを通して、一枚の写真を送ってきてくださった。「小六の児童がこんな感想文を書きましたので、お目にかけたいと思います」——見るとそこには、鉛筆で書かれた可愛らしい文字が並んでいる。

筆圧が伝わってくる。鉛筆を握りしめている手や、丸めた背中や、用紙を見つめている真剣なまなざしまで浮かんでくる。

うれしかった。子どもたちから届く感想の手紙というのは、無条件でうれしいものです。月に向かって跳ねる、うさぎになりたくなる。すぐに担当編集者にも知らせて、喜びを分かち合った。「こんな風に読んでもらえたらいいね」と、ふたりで話していた通りに読んでくれているね、と。

以下、そのまま書き写してみる。ご本人と保護者の許可を得ています。


今、日本は、すごく平和だと思います。

中東でおきている戦争や、ウクライナの戦争も、ニュースになっており、すごく、胸がいたみますが、これも遠くのお話に感じます。

その時、小手鞠さんの「川滝少年のスケッチブック」をよんで、すごく、戦争が身近でおこっているような気がしました。

戦争は、やはり、「過去のこと」や、「遠くのこと」などといい、忘れたり、見過したりするのは、だめだと思いました。

戦争が再び起こらないようにするには、どうすればいいのか。

みんなも、考えながら、この本をよんでほしいと思います。


可愛い。素直だし、無邪気だと思う。

小学六年生といえば、十一歳か十二歳。

父が当時の義務教育だった小学校を卒業して、いわゆる中等学校に相当する岡山県立工業学校（現在の岡山県立岡山工業高等学校）を受験したのも、十二歳のときだった。

都内在住の少年は令和の十二歳、川滝少年は昭和の十二歳。

ふたりの「十二歳」のあいだには、七十九年という隔たりがある。

七十九年を、短いと思うか、長いと思うか。

人によって答えは違うだろうけれど、私は短いと思う。

とても短い。

たかが七十九年ではないか。

人類の誕生を二十万年前だとすれば、七十九年など、まばたき一回分くらいに過ぎない。

まばたき一回分のあいだに、日本という国はどう変化したのだろうか。進化したのか、後退したのか。

父の描いた昭和絵日記の第2巻「岡工時代」の最初の見開きを見てみる。

右のページには岡山工業の紹介文、その下に「一億一心」「欲しがりません勝つまでは」という戦時中のスローガン、そして、その下に教育勅語の一節が書き記されている。

教育勅語とは何か。

もとをたどれば、明治時代に明治天皇から国民に向かって発表されたもので、それがそのまま昭和時代まで引き継がれた、いわば、日本国民の道徳と教育の基本理念を示す文書である。「発表」とか「文書」などと言ってはいけないのかもしれませんが、ここではとりあえず。

父のイラストを見ると、孝行、友愛、謙遜、博愛、修業の大切さなどを説き、夫婦は仲良く、友だちとも仲良く、と述べているのだから、一見、なんら悪いことは教えていない、いいことばかりじゃないか、と思える。

しかし、これがなかなかの曲者《くせもの》で強者《つわもの》。

いいことばかりが並んでいるので、うっかり油断していると「国家への忠誠」という教えを見逃してしまいそうになる。さらに、この教えが天皇から国民に対して、じきじきに発せられたお言葉、すなわち、文書などではなくて勅語であった、という点を見過ごしてはならない。

岡山工業

岡山市南方.

1902年(明治35年)開校。

当時は、機械・土木・染織の3科.

県内唯一の工業学校で、技術者を目指す若者が集った。

「一億一心」

「欲しがりません勝つまでは」

教育勅語

父母に孝に、兄弟に友に

夫婦相和し 朋友相信じ

恭倹己れを持し、博愛衆に及ぼし

学を修め業を習い

以て智能を啓発し 徳器を成就し

進んで公益を広め 世務を開き

常に国憲を重んじ 国法に遵い

一旦緩急あれば義勇公に奉し

以て天壌無窮の皇運を

扶翼すべし

ここが
あこがれの
県工か……
昭和19年(44年)3月
13才のイガグリ頭の
"軍国少年"たちが、受験に
やってくる。当時は勿論、
父兄などの付添いはない。
知らされてなかった
のだが、すでにこの時期
日本の敗色は濃く、
アッツ、サイパンの玉砕
があいついでいた……
−1−

要は、父をはじめとする当時の純真無垢な子どもたちに向かって「おまえらは、現人神《あらひとがみ》であられる天皇陛下が統治する、神国日本の子ども、すなわち、皇民なのであるよ」と、天皇制崇拝の思想を徹底的に植え込むための根本原理として利用され、同時に、これが侵略戦争を遂行するための基盤にもなっていた、ということ。つまり、りっぱな軍国少年と軍国少女を作り上げるために、教育勅語は、なくてはならないバイブルであった、というわけである。

そうして敗戦後、教育勅語は「子どもたちの道徳教材として用いることは、妥当ではない」として、廃止された。妥当ではない、すなわち、間違いであった、と断定されたわけである。

ここまで書いて、私は小さなため息をひとつ、つく。

のちに「妥当ではない」と言われるようになる教育を受けて大きくなった子どもは、いったいどんな大人になっていくのか。

父はどんな思いを込めて、絵日記の冒頭に教育勅語を書き写したのか。

教育って、怖いものだよ、恐ろしいものだよ、怪物だよ、とでも言いたかったのか。

十二歳だった父が岡山工業を受験した年には「知らされてなかったのだが、すでにこの時期、日本の敗色は濃く、アッツ、サイパンの玉砕があいついでいた…」と、父は書いている。わずか七十九年後、東京都の十二歳の小学生は「今、日本は、すごく平和だと思います」と書いている。

日本は本当に「すごく平和」なのだろうか。

もしも学校でそのように教えているのだとしたら、それは「妥当ではない」とは言えないだろうか。

日本には、自衛隊という名の軍隊があり、集団的自衛権も成立しており、日本国内にはアメリカ軍の基地も複数、存在し、機能している。それでも「すごく平和」と教え続けているだけでいいのか。北朝鮮からミサイルが飛んでくるのは、なぜなのか。

「戦争が再び起こらないようにするには、どうすればいいのか」という、小学生の肉筆の問いかけに、答えていくことのできる学校教育を、私は切に望んでいます。

戦争が起こらないようにするためには、原爆の日や敗戦の日に平和を祈るだけではなくて、軍隊、武器産業、国家、政治、外交など、戦争の背後に存在しているからくりについて、言ってしまえば戦争株式会社の成り立ちや仕組みや営みをきちんと教え、なおかつ、戦争はなぜ起こるのか、どうすれば食い止められるのか、について、わかりやすく、具体的に、子どもたちに教えていきたい。

かく言う私もまた、間違った戦争教育を受けてきた子どものひとりである。私が小中学生だった頃、日本の起こした侵略戦争は、侵略ではなくて「進出であった」と、教えられていたのだから。

けれど、私の無知を学校教育のせいにすることはできないし、してはならない。

三十代だった頃、雑誌のフリーライターだった私は、なんらかの記事を書くために、韓国から日本に留学中の学生にインタビューをしたことがあった。

インタビュー中、彼女から「なぜ、日本人は、日韓のあいだに起こったことを何も知らないのか」と訊かれて「それは学校で教えていないから」と答えた私に、彼女は涙ながらに訴えかけてきた。

「学校で教わらなかったから知らない？　それでいいんですか。あなたはそれでもジャーナリストなんですか。あなたは、日本人は、日韓の歴史をみずから知ろうとしなくてはならない」

正当な抗議だったと思う。

知らされていなければ、知ろうとしなくてはならないのだ。特に政府が国民に対して、隠したがっているような事柄については、しっかりと。

前置きとして、つい昨日、私のもとに届いた小学生の可愛い手紙を紹介しようと思っただけだったのに、つらつらと長くなってしまいました。

気分を切り替えて、昭和絵日記の第1巻「伊予の宇和島よいところ　1931～1943」を開いてみる。

のちに軍国少年となる赤ん坊の産声を聞くために。

ぼくは、1931年（昭和6年）11月20日、父・関太郎、母・安子の長男として、宇和島市朝日町539番地で生れた。母方の祖父、前原喜久治の「喜」をもらって喜正（よしまさ）と名付けられた。

とりあげて貰ったのは
カメばあちやん

ぼくは、1931年(昭和6年)11月20日、父・関太郎
母・安子の長男として、宇和島市朝日町539番地で
生れた。母方の祖父、前原喜久治の「喜」をもらって
喜正(よしまさ)と名付けられた。
この年が「満洲事変」の起きた年で、そのあとの所謂
軍国主義日本が、本格的に大陸への進出を始めた
年であった…との歴史の経過を知るのは、戦後のこと
ではあった。

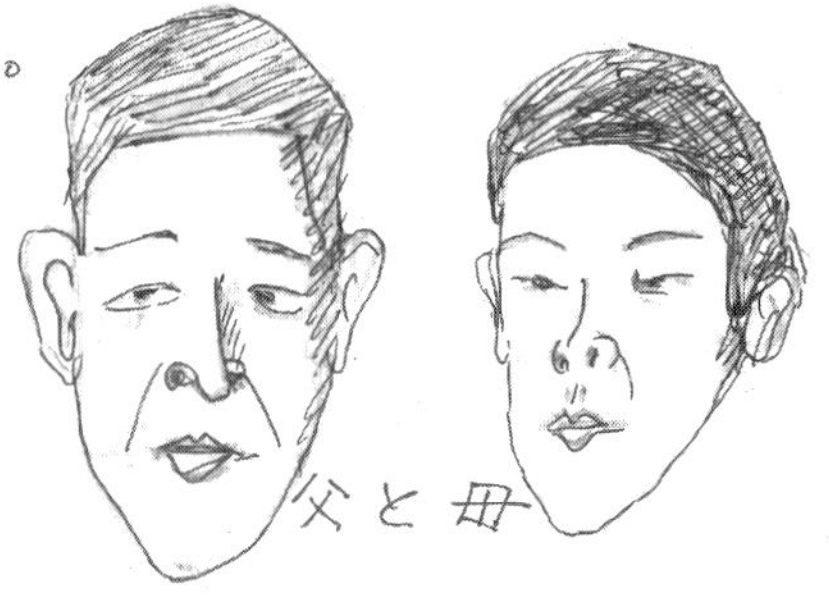

父と母

このあとに続く文を読んで、あっ！　と、私は心の中で声を上げる。父も「進出」と、書いているではないか。ここでさらっと「侵略」と書けるようにならなくては。だってあれは、紛う方なき侵略戦争だったのだから。もちろん父もそうであったと、私以上に強く認識しているのだろうけれど。

「歴史の経過を知るのは、戦後のことではあった」――この一文に、私は注目したい。つまり父は、満州で日本軍が起こそうとしていたことなど、何も知らされないまま、知らないまま、無邪気な子ども時代を送り、柔軟な脳みそに教育勅語を染み込ませながら成長していった。

知らぬが仏、ならぬ、知らぬが少年。

なりたくて、なったわけではない軍国少年。

軍国少年とは、作られていくものなのだと、父の絵日記を見ていると、つくづくそう思う。作られたくなくても、反発する意志が仮にあったとしても、それらを遥かに上回る大きな力に巻き込まれてしまう。それが戦争なんだろうし、当時の子どもたちはみんなそうだったのだろう。大人たちの中には「この戦争はおかしい、良くない」と、疑いを持っていた人も少なからずいたのかもしれないけれど、子どもたちはみんな「日本が勝つ、日本は正しい」と、信じていたのではないだろうか。私はそう推察する。そうしてそのことを、誰も責めることはできないと思う。

ここでちょっと寄り道をします。

私は昨今「文学作品を通して、子どもたちに戦争を知ってもらおう」というテーマで本を書くためのリサーチをしている。膨大な数の戦争文学を紐解いている。大変な仕事だと思われるかもしれないけれど、実は楽しい。楽しい、なんて書くと語弊があるかもしれないから、やり甲斐がある、と書いておく。何しろ、知らなかったことをみずから知ろうとしているわけだから。

満州事変について書かれた作品を読んでいる中で、こんな詩に出会った。

第一連と第三連を紹介する。教育だけじゃない、文学だって、怖いんだよ、と言うために。

詩人の名前は、逸見《へんみ》猶吉《ゆうきち》（一九〇七〜一九四六）。早稲田大学在学中から、草野心平が主宰していた詩誌に作品を発表し、その後、草野心平と共に『歴程』の創刊にも加わっている。満州事変からちょうど十年後に日本軍が起こした、真珠湾攻撃を讃えている詩のタイトルは「歴史」という。
サブタイトルは「大東亜戦下、再び建国の佳節にあひて」——。

佳き日なり
この日、心あかるく
あくまで潔く、つよく
我等、民族の誓ひに結ばれしもの
昂然と胸をはり
新たなる決意を告げん
〈中略〉
佳き日なり
この日天高く、蘭の如く芳《にほ》ひ
青さあくまで深く、心かなしきまで滲透せり
大東亜戦下、けふ再び建国のよき日にあひ

我等、人類の歴史ありてより、かゝる民族必死の戦ひを知らず
戦はんかな、戦はんかな
断じて、英米を許さじ
断じて許さざる決意を固めん

「佳き日」とは真珠湾攻撃の日で、詩人の歌い上げる「再び建国」とは、大日本帝国の拡大を意味している。

この詩が本人によってラジオで朗読された年は、書かれてから二年後と推察できる一九四三年(昭和十八年)三月。すでに、太平洋における戦局は悪化の一途をたどっていた時期に「心あかるく　あくまで潔く、つよく」と、詩人は声高らかに歌い上げた。朗読を聞いて、元気づけられた人たちも多かったことだろう。十一歳だった父も「戦はんかな、戦はんかな」と、戦意を掻き立てられた少年のひとりだっただろうか。

文学もまた、軍国少年と軍国少女の育成に拍車をかけ、戦後は「妥当ではなかった」とされ、ごみ箱行きになる運命を内包しているのだということがよくわか

る。もちろんこの詩は、反面教師として今日も、生き続けているわけですけれど。

話を宇和島に戻します。

宇和島市内で生まれた父は、父親の仕事の関係で一家が八幡浜市の沖合にある孤島に引っ越しをしたあと「せめて長男だけでも、いい学校へ通わせてやりたい」と考えた両親によって、母方の祖父母の家に預けられ、そこから宇和島市内の小学校へ通った。

祖父の名前は、先の引用にも出てくる、喜久治。

この人の職業はきこりで、山林から木材を切り出す仕事に就いていた。

祖母の名前は、カメ。

「カメばあちゃん」——この名前は、私も幼い頃、しばしば耳にしていた。父にとっては母親代わりの存在で、ずいぶん可愛がってもらったようである。

喜久治とカメのあいだには、ふたりの男の子がいた。父にとっては叔父に当たる人たちの名前は、喜一と忠志。このふたりは、この章の最後にまた出てくるので、覚えておいてください。

父は、宇和島商業の学生だった下の叔父を「忠志あんちゃん」と呼んで慕い、家の二階で机を並べて勉強に励んでいた。

芥川龍之介、石川啄木、夏目漱石、森鷗外などの作品を、あんちゃんが使っていた「中学国語」の教科書で読んだという。

当時のことが「今でも、昨日のように思い出される」と、絵日記には書き記されている。

七十代の父にとって、十代のできごとは「昨日のよう」だという。

実は私も同じです。自分の子ども時代のことはすべて、つい昨日のできごとのように感じられる。

端的に言えば、人の一生は短い、ということなのだろうか。あるいは、こうも言えるだろうか。十日前のことはすぐには思い出せないのに、五十年前、六十年前のことならくっきりと思い出せる。

時間と記憶のマジック、ということなのかもしれない。

引き出しの奥から、二〇一八年五月に、父からエアメールで届いた手紙を取り出してみる。私が「宇和島時代のことをもっと詳しく教えて」と手紙で依頼し、それに対する返事として戻ってきた手紙である。これももちろん漫画入り。

私はなぜそんな依頼をしたのか。理由は覚えていない。少年Gが「知りたい」と言ったから、だったのかもしれない。彼は一時期、四国八十八ヶ所の巡礼に興味を抱いていて、喜久治さんとカメさんのお遍路経験について知りたがっていたことがあった。

とにかく、私の仕事のためではなかったことだけは確か。だけど、結果的にはこうして、仕事に役立っているのだから不思議なものです。以下、一部を書き写してみる。

宇和島の喜久治おじいさん、カメばあちゃんの思い出ですが、なにしろ、小学1年生〜5年生の生活でしたので、確かな記憶が残ってないのが残念です。カメばあちゃんに育ててもらった「おばあちゃん子」の印象は忘れません。喜久治じいちゃんは、いつも凜とした立居振舞いで、大きな火鉢を前に坐っていて、煙管タバコを、ぽんぽんとたたいているイメージが目に焼きついています。

御殿町の住いは、大家の山下木材工務店・社長宅の裏の2階屋を借家にして住んでいました。

材木が山積みした倉庫が隣りにありました。

山下工務店は、大地主で、周辺の山地を多く所有していて、おじいさんは、山から運び出す木材の監督、昔風だと、山師の棟梁（頭領？）をしていました。

山から切り出す木材を積んだ大きな荷馬車が停っていて、それをチェックしていた姿を思い出します。

宇和島は、港街で、造船業も盛んでしたので、木材の需要は多く、港近くの造船所へもよく、おじいちゃんに連れて行ってもらい、吉見造船所で、同い年の子らと、よく遊んでいました。

おじいさんは、毎日のように、山へ入り、伐採する樹木を指示していました。製材所へ運び込み、角材等にし、製品化し、注文先へ納入するまでの台帳を記録していました。

銭湯もありましたが、おじいちゃんと一緒に、山下家の、りっぱな風呂へよく入っていたのを思い出します。

このあとには、おじいさんとカメばあちゃんのお遍路の話が出てくる。

まるで、小学生の作文を書き写しているような気分になってくる。

この手紙が書かれた年、父は八十七歳。

八十七歳の父が八十年ほど前のことを思い出しながら書いている。なんというか、とても微笑ましい。

偉そうな言い方になるけれど、いい作文だなと思う。私が国語の教師だったら「良く書けました」と、花丸を付けてあげるだろう。

宇和島時代の昭和絵日記には、戦争の気配も面影も予感も予兆も漂っていない。

表紙に「１９３１〜１９４３」という年号が書かれていなければ、平和な時代に生まれ育った少年が書き綴った、愉快な絵日記として読めるだろう。

宇和島の観光名所、お祭り、踊り、闘牛、名物の食べ物、子どもたちの遊び、ちゃんばら映画、宇和島の方言、お遍路さんなど、ページをめくるたびに、ユーモラスな漫画と解説が飛び出してくる。

以下「懐しい南予の方言」から一部を抜粋してみる。

・コータ↓（買った）
・ワロータ↓（笑った）
・カカーセン↓（書きはしない）
・ミヤーセン↓（見はしない）
・シランゾイ↓（知らないよ）
・ソーダスライ↓（そうですよ）
・イキマスライ↓（行きますよ）
・ダンダン↓（ありがとう）
・ガイニ↓（すごく）

「まだ幼いので、文字は書けません」を宇和島弁で言うと「こんまいきに、字はよう書かん」となり「忙しいので行けません」は「忙しいきに、行けん」となるようです。

映画館へもよく行った。

というより、よく
潜りで這入った
というべきだ。

なにしろ元来チビッ子
だったので小学3〜4年頃
でも、他所の見知らぬ人の袖
をつかんで、一緒の子供のふりして
入り込んでいたものだった。

- 阪妻の「無法松の一生」
- 嵐寛の「鞍馬天狗」
- エノケンの「チャッキリ金太」
- 大河内伝次郎の「シエイは丹下 名は左膳《シャヂエン》」
- 千恵蔵の「宮本武蔵」

などなど、今でもあざやかに
思い出す。

アラカンが
イカ頭巾で
颯爽と
現われる

阪妻が
フンドシ
みせての
立回り

丁度、「愛染かつら」が大ヒット中、
"旅の夜風"など口遊んでいたもの
だった。

私は、父とは、岡山弁でしか話したことがない。タイムマシンに乗って過去へ飛んでいき、南予の方言を話す父に会って、父とカメばあちゃんの会話を聞いてみたい。

父は子どもの頃から映画が大好きだった。これは私の知らない父の一面である。父といっしょに映画を観に行った、という記憶がまったく残っていない。

川滝少年は映画館へ、ひとりでしょっちゅう足を運んでいた。

「なにしろ元来チビッ子だったので、小学3〜4年頃でも、他所の見知らぬ人の袖をつかんで、一緒の子供のふりして入り込んでいたものだった」というから笑える。お父ちゃん、ようやったなぁ、それって、無銭飲食ならぬ、無銭鑑賞だよね。無声映画、ならぬ無銭映画。

しかしながら、父が友だちと「べイゴマまわし、パッチンコ、ビー玉遊び、タコ揚げ、竹馬、縁台将棋、チャンバラごっこ、女郎蜘蛛を闘わせる」などといった遊びに興じていた頃、日本は侵略戦争に向かって、ひたすら猪突猛進していたのだった。

この時分の遊びあれこれ
タコ揚げ
竹馬も
自分自分で
作って
よく遊んだ
ベイゴマまわし
パッチンコ
ひっくり返したら
自分のものになる。
ビー玉遊び
ラムネ玉を
投げて
囲いの中の玉に
当てて出す。

満州事変、満州国の建国宣言、国際連盟脱退から、2・26事件を経て、日中全面戦争へ突入。日独伊三国同盟の締結、日米交渉の打ち切り、真珠湾攻撃を経て、日米戦争へ突入。こんなにも広い範囲で戦争を繰り広げていたのか、と、改めて感心してしまう。

感心している場合ではない。

一時的な戦勝ムードに沸き立つも、ミッドウェイ海戦で、一気に奈落の底へ突き落とされ、そのあとはもう、泥沼にずぶずぶずぶずぶ、鼻のあたりまで浸かっていながらも、まだまだ勝てると信じて、竹槍でアメリカ兵を突く練習を女子学生にやらせていた。資源を求めて進出していった東南アジアでは、日本の兵士たちは戦死ではなくて、餓死していた。それでもまだ、国内では一億総玉砕の戦争行進曲が虚しく鳴り響いていていた。

「1931〜1943」とは、そんな時代であった。

お父ちゃん、大変だったたなぁ。

よく生き延びたなぁ。運が良かったたなぁ。

父は強運の持ち主だった。

こう書く以外に、書きようがありません。

宇和島の小学校を卒業した川滝少年は、家族といっしょに、岡山県和気郡伊部《いんべ》町（現在の備前市伊部）に移り住んだ。父親が岡山の日生《ひなせ》町にある耐火煉瓦工場で新たな仕事を見つけたからである。

当時のきょうだいは、弟がひとり、妹が三人。

岡山へ引っ越したあと、さらに妹が三人増えて、合計十人の大家族となった。

「産めよ、増やせよ」の時代だった。

日本は戦争中だから、ひとりでも多くの戦争要員が必要だった。八人きょうだいも、さほど珍しくはなかったと思われる。

ちゃんばら映画と夏目漱石を愛し、弟と妹たちの面倒をよく見て、教育勅語に従い親孝行に励んでいた川滝少年が、いかにして、軍国少年になっていったのか。

父の昭和絵日記をたどりながら「軍国少年の（正しい？）作られ方」をまとめてみる。以下、レシピ風に書いてみます。

＊用意するもの＝防空頭巾、肩から斜めに掛ける鞄、ゲートル（巻脚絆）、ポケットを縫い合わせて使えなくしているズボン、持つだけでも足がよろけるほど重い三八式銃（のちに村田銃になる）、軍事教練棒、別名、軍人精神注入棒。

＊作り方

（1）ゲートルを巻き上げる（漫画参照）。

（2）不動の姿勢を取る。

（3）配属将校から、軍人精神注入棒で、訳もなく殴られる。

（4）竹刀を足に挟んで正座をさせられるなど、上級生によるいじめに耐える。

（5）上級生に出会ったら敬礼する。

＊注意事項＝防空頭巾は、教室で椅子の上に敷いて座布団代わりに使用すること。勤労奉仕の命令が下されたら、農場へ出向いて稲刈りをすること。そのほか、飛行場の滑走路の整備として、モッコ担ぎと呼ばれる石運びの重労働や、空襲による火災の類焼を防ぐために、建物を取り壊す作業に従事させられる日もある。

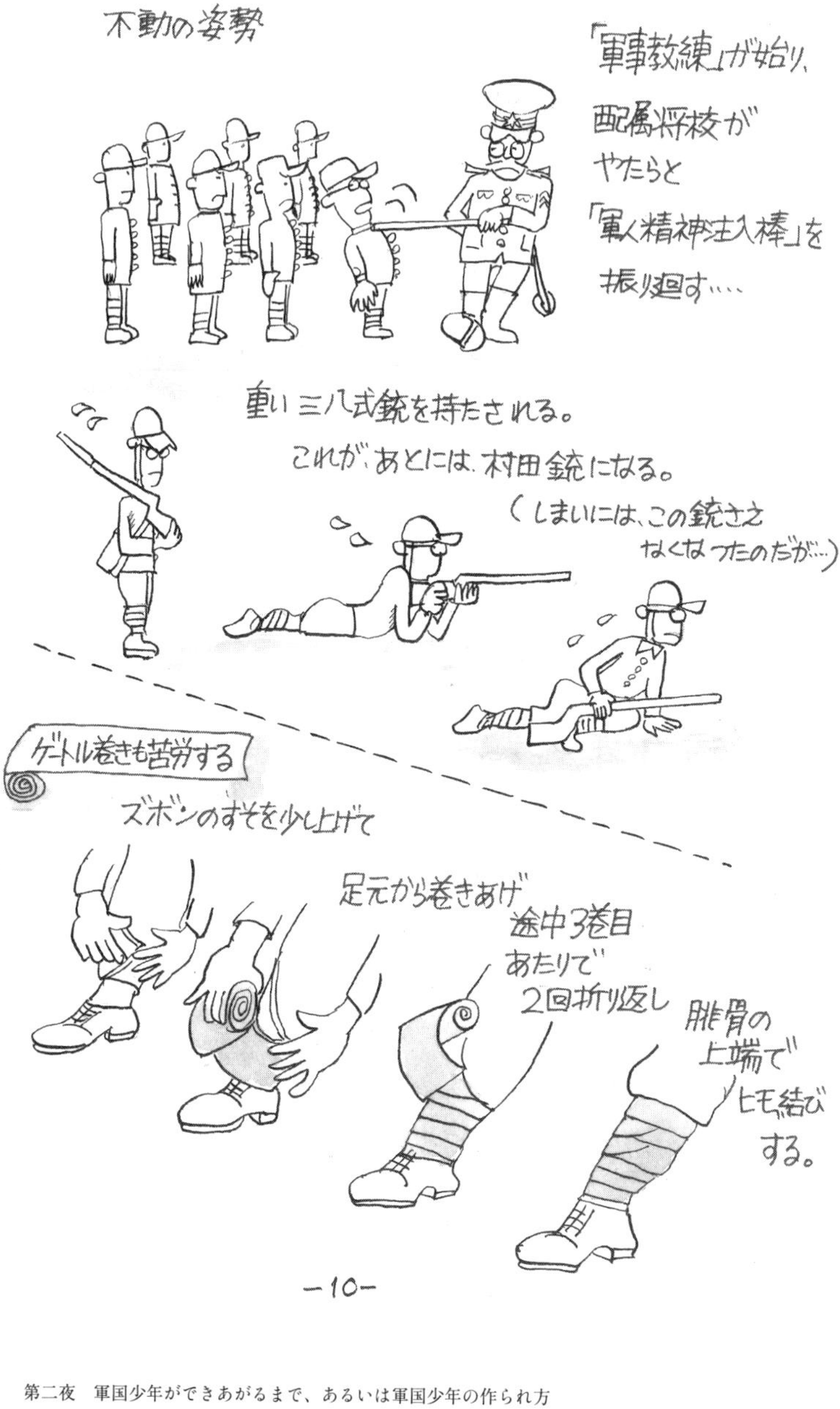
不動の姿勢
「軍事教練」が始り、
配属将校が
やたらと
「軍人精神注入棒」を
振り廻す….
重い三八式銃を持たされる。
これが、あとには、村田銃になる。
(しまいには、この銃さえ
なくなつたのだが…)
ゲートル巻きも苦労する
ズボンのすそを少し上げて
足元から巻きあげ
途中3巻目
あたりで
2回折り返し
腓骨の
上端で
ヒモ結び
する。
—10—

＊合言葉＝常に「欲しがりません勝つまでは」「贅沢は敵だ」「米英撃滅」「神洲不滅」「一億総決起」と、心の中で唱えながら、耐え難きを耐え、忍び難きを忍ぶこと。すべてお国のためである。貴様らは皇民であることを忘れてはならぬ。

このようにして作られた軍国少年の日常は、軍事教練と、重労働と、耐え難い空腹を耐え抜くことによって過ぎていく。それなのに、当時を回想している父の漫画に漂うユーモアは、いったいどこから来ているのか。

ここで『アップルソング』から、私が書いたモッコ担ぎの場面を引いてみる。飛行場の滑走路の整備に行かされた日の様子を描いた父の漫画を基にして創作した。


「飛行機は、どけえ行ったんじゃろうかなぁ」

「そりゃあ、おめえ、戦争へ行ったんに決まっとろうが」

「そうじゃ、今頃は米機に体当たりしてな、米鬼を吹っ飛ばしとるんよ」

同級生たちの会話を聞きながら、希久男も梅雨空を見上げて、思っていた。

信じていた。飛行機は今も、この空のどこかを飛んでいる、どこかで敵と戦っている。そうに違いない。そうでなくてはならない。そのために、我々はこうして、飛行場の整備に精を出しているのだから。

整備と言ってもその実態は、ふたりひと組になって一本の棒を肩の上にのせ、棒の中央からぶら下がっている網状の籠のなかに土砂を山盛りにして運んでいく、いわゆる「モッコかつぎ」と呼ばれる苦役である。水気を含んだ土砂は肩に食い込むほど重く、ぱんぱんに腫れた首や肩の皮膚がすり剝けて、うす汚れた制服に血を滲ませている者も多数いた。

何よりも耐えがたいのは、空腹だった。白い米の飯を腹いっぱい食べたい。石を運びながら、思った。天皇陛下のために、お国のために死ぬ覚悟は、できている。石をおろしながら、思った。願いはただひとつ。死ぬ前に、腹いっぱい食べたい。石を積みながら、思った。食べたい、食べたい、食べたい。願いはそれだけだ。しかし誰ひとり、音《ね》を上げたり、休みたい、家に帰りたい、などと、泣き言を言う者はいなかった。

勤労奉仕で、農場へ稲刈りに行かされた日の漫画に添えて、父は「昼食に出た白米のオニギリの味が忘れられぬ思い出」と書いている。

戦局は、悪化の一途をたどっていく。

それでも新聞は「勝った、勝った」と嘘の記事を書き、作家は戦争を賛美し、備前焼作家は備前焼で、玉砕という名の自殺のための手榴弾を作っていた。

話が前後するけれど、父が受験したのは、岡山工業の航空機科だった。

これはその年に新たに設けられた学科で、ほかには第一機械科、第二機械科、第一応用化学科、第二応用化学科、第一土木科、第二土木科があった。

定員は合計二百四十名。

受験生はおよそ六百名。

父によると「激戦校」だった。

「この時代はとくに県工の人気は高く、岡山一中に劣らず難しいといわれた」——

この「岡山一中」は、のちに岡山県立岡山朝日高等学校になる。私はこの高校の卒業生である。

「足らぬ足らぬは工夫が足らぬ…」

食料の配給は、日を追って乏しくなり….

じゃがいも
カボチャ
サツマいも
} 主食

蜂の蛹
いなご
バッタ
ドングリの実
} 食べる

防火のための建物の強制
取り壊しも
あちこちで

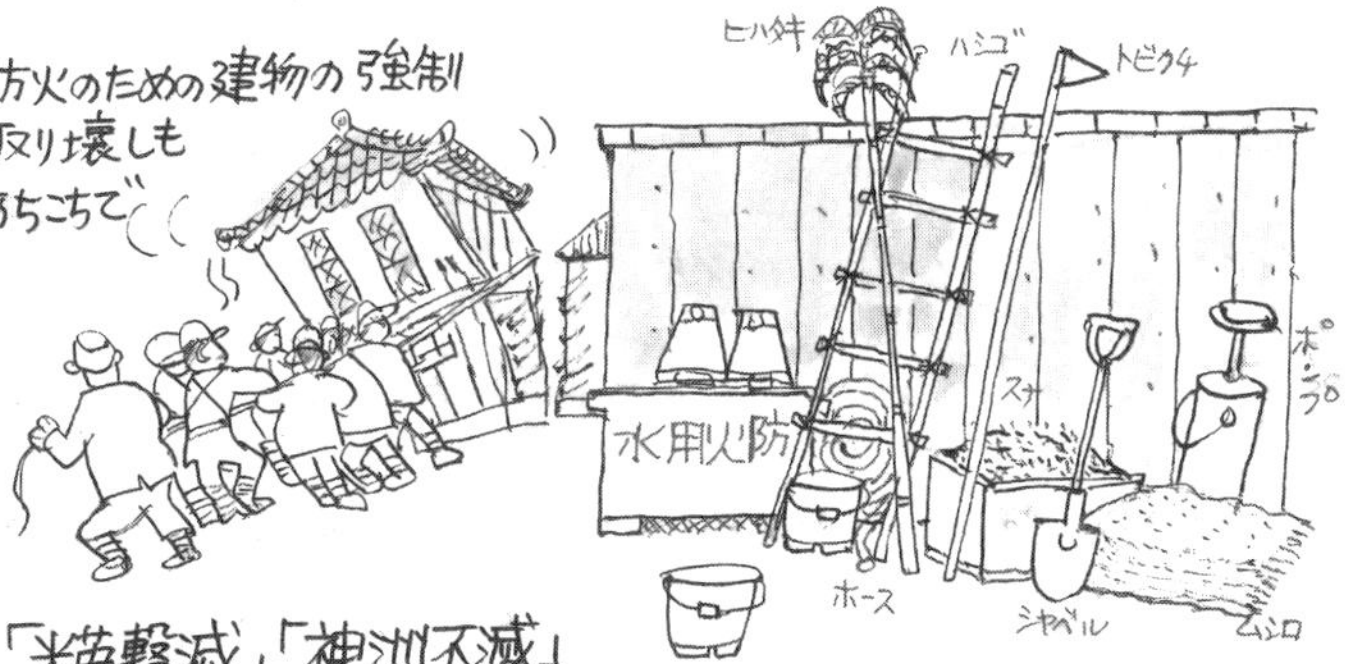

「米英撃滅」「神州不滅」
「一億総決起」

昭和19年6月から、3、4、5年生は
戦時動員で、授業放棄して、工場へ作業
動員した。校内が急にガランとしていた。

残った1、2年生も実習教室で、航空機の部品
らしい、ジュラルミンを施《旋》盤で削ったりしていた。

東条内閣総辞職。グアム島玉砕。B29東京空襲

東條英機 首相、兼陸軍大臣 兼 参謀総長

－12－

岡工では、算数、国語のテストに加えて、口頭試問があったという。

前述の通り、機械科、応用化学科、土木科などがあったのに、父は航空機科を志望していた。

「充実した時間で、一番楽しかった」という実習の時間に、父たちは、飛行機の部品を作っていた。もちろん戦闘機である。

少なくとも私の知っている父は、飛行機に関心があるわけでもなく、パイロットになりたそうな人でもなかった。もしかしたら、日本で、国内線には一度も乗ったことがないのではないか。飛行機に乗ったのは、生涯に二度。どちらも、私たちの暮らしているアメリカへ来るために、仕方なく。

それでも当時、十二歳だった父は、当時の多くの少年たち同様、飛行機乗りにあこがれていたんだなと思うと、胸が痛む。あと一、二年、年齢が上だったら、確実に、父は特攻隊に志願して、あるいは、させられて、自殺アタックによって空中か海上で、砕け散っていただろう。「自殺アタック」というのは、特攻に相当する英単語を私が日本語に訳したものです。

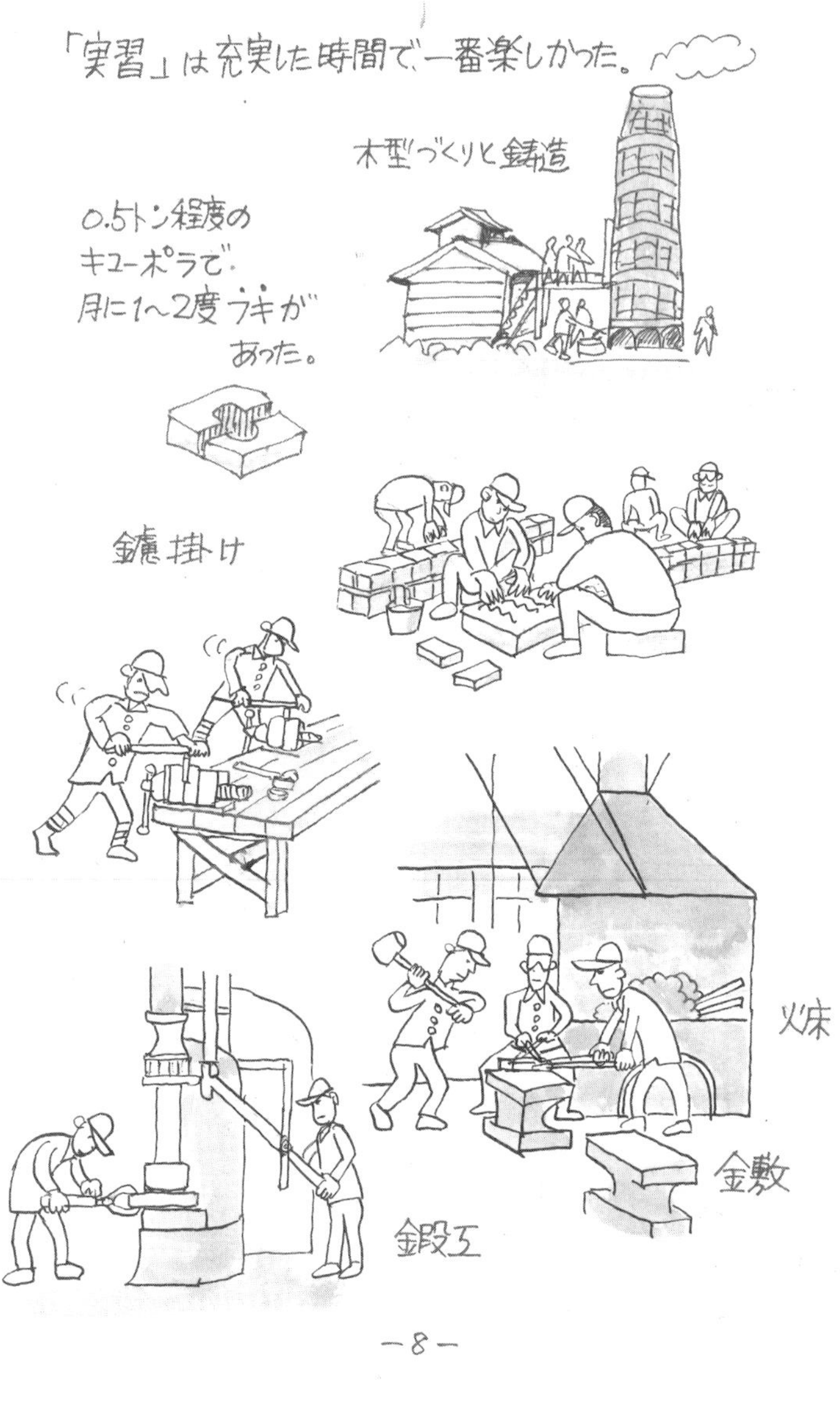
「実習」は充実した時間で、一番楽しかった。
木型づくりと鋳造
0.5トン程度のキューポラで月に1～2度フキがあった。
鑢掛け
火床
金敷
鍛工
−8−

あれはいつのことだったか、二、三十年くらい前のことではないかと思うのだけれど、少年Gの生まれ故郷であるハワイ州ホノルルに、夫婦で里帰り旅行をしていたときのこと。

彼の生家の裏あたりにある小高い山に、ふたりで登った。お弁当を詰めたリュックサックを背負って。ハワイというと、ビーチでバカンス、というイメージが強いけれど、南国の植物や樹木が鬱蒼と生い茂っている山道を歩くのも楽しい。運が良ければ、カラフルな小鳥や珍しい生き物に出会えることもある。頂上からの眺めは、見渡す限りの大海原。

「あっ！　見て、あれ。なんだろう、あんなところに」

山登りの途中で、私は立ち止まって声を上げた。

「ああ、あれか。あれは、僕が子どもだった頃から、あそこにあったなぁ。友だちのヘンリー・ヨコヤマといっしょに、初めてあれを発見したときには、興奮したよ」

ジャングルの緑に埋もれている物体は、飛行機の残骸だった。すっかり錆ついていて、見る影もなく、そこらじゅうに蔓草がぐるぐる絡み付いている。けれども、明らかに小型飛行機だとわかる。操縦席の部分がそのままの形で残っている。生々しい。

「あれって、日本軍の飛行機じゃない？」

機体に付いている日の丸が見えていたわけではない。ゼロ戦だと、はっきりわかったわけではもちろんない。でも、そうとしか思えなかった。もしもアメリカ軍機であったなら、こんなところに放置されたままにはならないのではないか。

「真珠湾攻撃にやってきた飛行機だったのかな」

私はきっと、そう思いたかったのだろう。ひとつ間違えば、父がこの飛行機に乗って飛んできて、地上からの砲撃を受け、ここに墜落して死んでいたのかもしれないと想像することによって、戦争を、歴史を、間近に感じたかった、ということかもしれない。

このエッセイを書くために、ゆうべ、少年Gに尋ねてみた。

「ねえ、覚えてる？　あの飛行機」

「もちろん覚えてるよ。ネットで調べてみれば、どこの飛行機なのか、正確な情報が出ていると思うよ」

私はネットで調べないことにした。知らないままでいいと思った。どこの飛行機か、なんて、どうでもいいではないか。私がオアフ島のジャングルの中で飛行機の残骸を発見し、真珠湾攻撃に思いを馳せた、という記憶こそが大事なんだと思った。

ところが、親切な少年Gは調べてくれた。頼んでもいないのに。しかもそのことを十二月七日（ハワイ時間では、七日が真珠湾攻撃の日）の朝に教えてくれる、という用意周到さ。

「あれはね、アメリカ軍機だった。一九四四年五月二日、ヒッカム空軍基地から離陸したB24爆撃機がオアフ島の山中に墜落したそうだ。原因は不明。ハワイから日本まで爆撃機が直接、飛んでいくことは不可能だから、訓練中だったんじゃないかな。亡くなったパイロットの名前も出ていたよ、複数」

一九四四年といえば、父の記述では「昭和19年6月から、3、4、5年生は戦時動員で、授業放棄して、工場へ作業動員した。校内が急にガランとしていた。残った1、2年生も実習教室で、航空機の部品らしい、ジュラルミンを旋盤で削ったりしていた」年である。

この年の二月、東條英機首相による、軍部と政府の独裁体制が確立され、四月には海軍軍令部が戦艦に自殺アタックをする有人兵器「回天」を作り上げ、五月五日には、本土決戦準備の一環として、本土各地の軍や航空部隊に指揮権などを与えている。回天の別名は「人間魚雷」であり「棺桶」とも呼ばれていた。こんなもので戦争に勝てると、本気で考えていたのだろうか、当時の日本人は。

一方のアメリカ軍は、六月にマリアナ諸島のサイパン島に上陸を開始、七月には日本軍守備隊およそ三万人が全滅。神風特攻隊による自殺アタックが始まるのはこの年の十月のことである。

ハワイの話をもうひとつ。

少年Gの父ジャックと、母ベティは、私の両親と同年代で、年はそれほど違わない。ジャックは数年前に九十二歳で亡くなった。

「あのふたりが日本の真珠湾攻撃や日米戦争について、何か話していたことがある？」

これも、ゆうべの質問の続き。

返ってきた答えはこうだった。

「いつだったか、僕も尋ねてみたことがあったんだけど、特に何も言ってなかったなぁ。まだ子どもだったし、あんまりよく覚えていない、といったような答えだったかな」

ハワイ在住であるにもかかわらず、ジャックとベティにとって、日本との戦争はいかにも印象が薄かったようだ。そういえば、私自身、ジャックともベティとも、真珠湾攻撃について会話をした記憶すらない。

戦勝国の子どもだったからかもしれないな、と、私は思った。負けた側は逐一、記憶していても、勝った側にとっては、どっちが先に攻撃をしかけてきたか、なんて、どうでもいいことなのかもしれない。

そのあとに、少年Gは聞き捨てならない発言をして、私を驚かせてくれた。

「ふたりとも、昭和天皇のことをすごく尊敬しているって言ってたなぁ。エンペラー・ヒロヒトは偉いっていつもそう言ってた」

「え、えらいって？　どういうところが……」

「毎日、遊んで暮らしているイギリスの王族なんかと違って、エンペラー・ヒロヒトは植物の研究をしたりして、熱心に学問をやっているところが尊敬できるって。あとは、人柄も良さそうで、優しそうで、フレンドリーな感じがするところとか」

「へえええっ！」

と、びっくり仰天しながらも、私は一冊の本の表紙に載っていた一枚の写真のことを思い出し、そそくさと自宅の地下の書庫へ降りていき、その本を探した。すぐに見つかった。

タイトルは『GHQカメラマンが撮った戦後ニッポン』（アーカイブス出版）という。『アップルソング』を書いていたときに、戦後の風景を写真で見られる一冊として、貴重な参考資料にした。

この本のカバーに掲載されている、昭和天皇と皇后夫妻の写真。

これを初めて目にしたときの驚きがよみがえってくる。

天皇夫妻はアメリカ人カメラマンに、これ以上の笑顔はない、と言ってもいいほどの笑顔を向けている。まさに、満面に笑みをたたえている。昭和天皇の笑顔には茶目っ気があり、表情はくつろぎ、リラックスし、心を完全に解《ほど》いている。日本国民に対しては、決して見せたことのない笑顔ではないだろうか。皇后は口をあけて、歯を見せて、目を細めて笑っている。日本国民が一度も聞いたことのない、彼女の笑い声が今にも聞こえてきそうな笑顔である。

アメリカ人カメラマンがジョークか何かを言ったのだろうか。ふたりを笑わせようとして。これはありえるシナリオだ。アメリカ人にとって、ジョークは挨拶代わりであり、会話におけるある種のエチケットみたいなものだから。

撮影者が日本人カメラマンであったとしたら、こんな風に笑うことなど、できなかったはずだ。こんな風に、人間味のある、あたたかみのある笑顔は、日本人には絶対に見せられなかったはずだ。事実、私は一度も、天皇と皇后のこんな笑顔を目にしたことがない。かつて、祖父から与えられ、母から捨てろと言われた肖像写真に写っていたのも、能面のようなふたりの顔だった。

きっと、アメリカ人に対しては、自分たちの素顔を見せてもいいと思ったのだろう。気を許すことができたのだろう。緊張から解放されて。

そう思うと、戦争末期に、戦争を止めるようにと、軍部や政治家に懸命に意見を述べていた昭和天皇もまた、あの戦争の犠牲者だったのかもしれないなと思えてくる。こんなことを書いたら、父に叱られそうだけれど。

第二夜の最後は、父から届いた二〇一八年の手紙で締めくくりたい。

このような話は、どこにでも転がっているのかもしれない。けれど、この手紙を読み返すたびに、戦争は悲しいと、私はしみじみ思う。父の無念さが伝わってくる。アメリカの義理の両親とは対照的に、父がどうしても、いまだに、天皇や天皇制を支持できない気持ちに、私は寄り添ってあげたいと思う。『源氏物語』が大嫌いだと言って憚らない父に。

戦争は悲しい。

戦争とは無念なもの。

勝っても負けても、死んでも生き残っても。

亡くなった人たちは帰ってこないし、死者は黙したまま何も語らない。

せめて私は父の無念さを、あと何年、書けるのか、残り時間はわからないものの、時間の許す限り、書き続けていきたいと思っている。

長男・喜一さんは、陸軍砲兵曹長に昇進していて、近所でも評判、当時、下士官といえば、自慢の階級で、道行く兵隊さんが立止って、パッと敬礼していました。中国へ派遣が近いというので、その前にと結婚することになり、トミ子さんと、家で盛大な結婚式を挙げていた時のおじいさん達の笑顔を思い出します。

戦況急をつげ、1~2回面会に行った様でしたが、その後、長子の喜行さん生れましたが、会わずじまいで、中国で戦死しました。金鵄勲章をもらっていました。

よく遊んでもらった三男の忠志あんちゃんは、当時、宇和島商業へ通っていましたが、学業の途中で海軍へ志願し、佐世保の海兵所属となっていました。当時の兵役は情報は全て秘密事項で多くは全く不明、船で南方へ移動中に亡くなったときいて虚しい気持いっぱいでした。遺品は何もありませんでした。

第三夜　「レェイディオ」で聞いた「デス・バイ・ハンギング」

今夜は、魚の話から始めます。

「鯛のおかしら付き」という言葉は誰でも知っていると思うし、私ももちろん知っていた。けれどもつい最近まで、この「おかしら」は「御頭」だと思っていた。おめでたい鯛の頭に、丁寧語の御を付けて、鯛を敬っているのだと。

実は、そうではなかった。

おかしらとは「尾頭」であり、尾と頭の両方が付いている、という意味だった。ある作品の校閲者からの指摘によって、このことを知って以来、私は、鯛の頭と尾にも敬意を表しながらいただくようになりました。ほんとかなぁ。

そういえば、私の両親は小麦粉のことを「メリケン粉」と呼んでいた。たぶん今でもそう呼んでいるのではないかと思う。

なぜ、メリケン粉なのか。これについても、私はあまり深く考えたことはなかった。

渡米してから「ああっ！　そうだったのか」と気づいて、耳から鱗が落ちた。

戦後、食糧不足に苦しむ日本国民に対して、アメリカ軍は備蓄していた小麦粉を大量に放出した。アメリカがくれた、アメリカの小麦粉だから、メリケン粉。

「アメリカン」の英語の発音は確かに「メリケン」と聞こえる。決してアメリカンとは聞こえない。当時の日本人は、耳に聞こえたままを口にした。だからメリケン粉だったというわけです。

芋づる式に、私は父の昭和絵日記のある場面を思い出す。

何度、読んでも、そのたびに笑ってしまう場面がいくつかあるのだけれど、これはそのひとつ。

戦後、父の通う岡山県立工業学校でも、英語の授業がおこなわれることになった。それまでは、憎っくき敵国の言葉だったから、習うことも、学ぶことも、使うことも、許されていなかった禁断の言語である。その「英語が面白くなる」と、父は書いている。

漫画に描かれている英語の先生は、黒板に「The Radio」と書いて、生徒たちにこう教えている。「ラジオ」ではない「レェイディオ」である——この台詞の吹き出しの下に「One」を「オネ」と発音して笑わせた者もいた——ここで、私はいつも笑ってしまう。

水島にあった旧兵舎を移してきて、バラック建ての仮校舎ができる。
ガタガタの校舎だったが、ガラス窓も入り、有難かった。

窓ガラスの
盗難よけに
工
学校名を
刷り込んで
使用

英語が
面白くなる。
The Radio
One
「ラジオ」ではない。
「レェイディオ」である。
岡先生の〜♡
アダ名「レイディオ」
「One《ワン》」を「オネ」と
発音して笑わせた者もいた。

学校の授業が再開されたのは敗戦の年、一九四五年（昭和二十年）の九月からだったという。

立ち直りは案外、早かったんだなと、私は思う。八月十五日の「重大放送・茫然自失」から、わずか一ヶ月足らずで、それまでは敵国の言葉だった英語が教えられていたことになる。変わり身が早い、というか、手のひらを返したように、というか。

ここで改めて、敗戦直後から「レェイディオ」に至るまでの、父の青春時代を振り返ってみる。

授業再開と当時に、父の属していた航空機科は「機械科」に変わっている。やはり「航空機科」新設は、特攻隊員養成のためだったのかと、つい邪推をしたくなるけれど、それは脇へ置いておこう。

第一夜にも書いたように、校舎は岡山無警報空襲によって焼け落ちてしまっていた。

航空機科は、機械科に変る。

9月から学校始まる。トタン屋根の小屋に焼鉄板を黒板代りに。岡山48連隊払い下げの弾薬箱を打ちつけた机で。

のちに、就実女子校から貸してもらう。

本は、先生の1冊を回し読み。
雨が降ると、トタン屋根の音が高くて授業にならず休み。
冬は、吹きっさらしで我慢できず、南方の公会堂や、北方日通の倉庫を借りたりした。
焼け残っていた

10月、岡山市へも米軍部隊が進駐してくる。

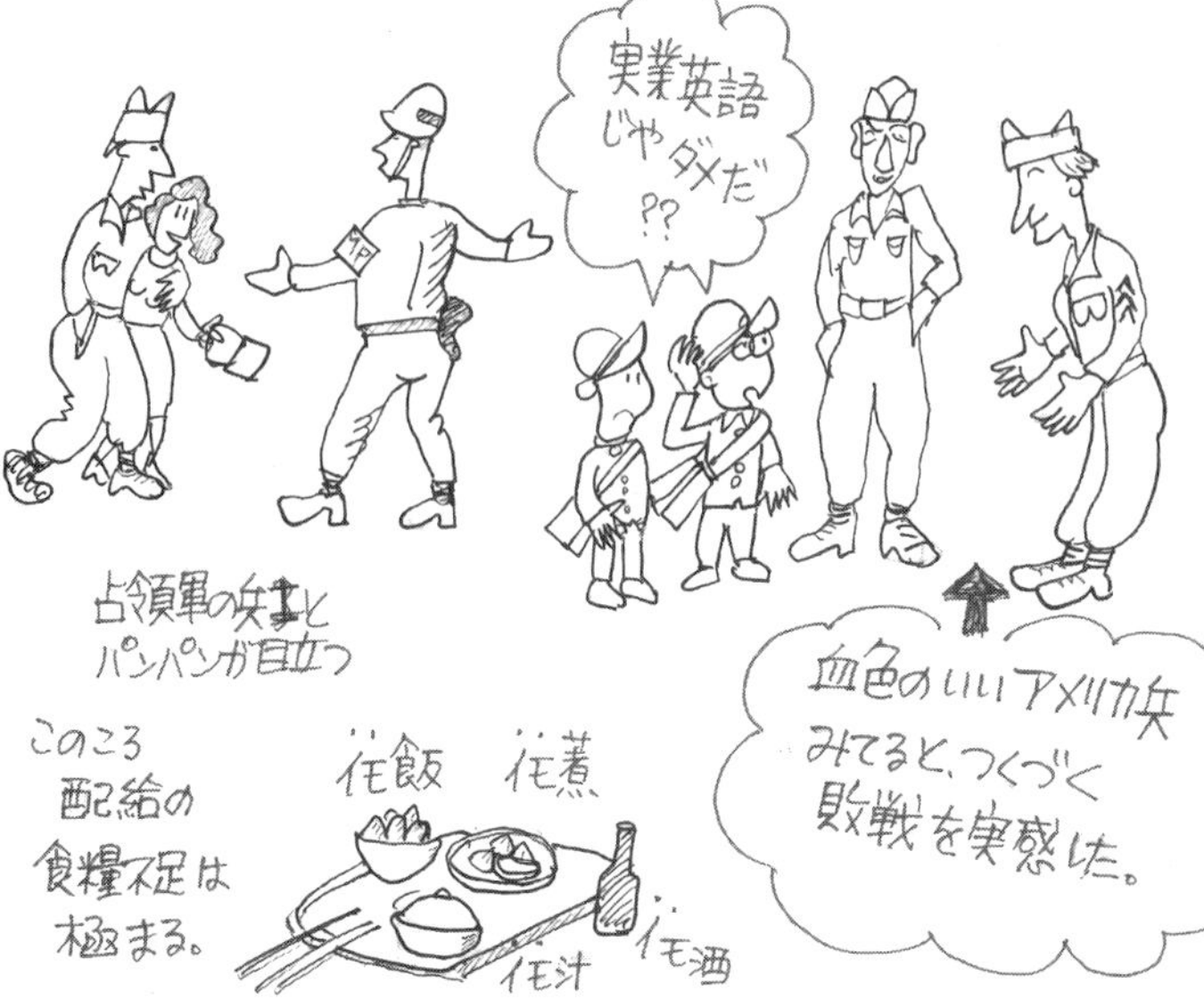

実業英語じゃダメだ??
占領軍の兵士とパンパンが目立つ
血色のいいアメリカ兵みてると、つくづく敗戦を実感した。
このころ配給の食糧不足は極まる。
イモ飯
イモ煮
イモ汁
イモ酒

岡山駅前闇市では
ぞうすい、おしる粉
かすとり、バクダン
靴のはんばり
なべ釜の修理。
そして闇物資を売る露天商も並んで繁昌していた。

—19—

かすとりとは、芋や麦を発酵させて作ったお酒で、バクダンとはなんと、工業用のアルコールを水で薄めたものだった。人々は、そんなものでもいいから飲んで、酔いたかったということだろうか。

その後、岡山工業の校舎は「水島にあった旧兵舎を移してきて、バラック建ての仮校舎ができる。ガタガタの校舎だったが、ガラス窓も入り、有難かった」と書かれている。窓ガラスは盗難される恐れがあったようで、すべての窓に「工」という学校名を磨《す》り込んで使っていたという。これは、笑うに笑えないエピソードです。つい昨日まで、学校の教室の窓ガラスを盗んでいく日本人がいたのかと思うと。

戦後の食糧不足の深刻さについては、私が幼かった頃、父自身の口から、何度も聞かされた覚えがある。

「とにかく、食べ物がのうてな。大人も子どもも赤ん坊もみんな、腹を空かせとったんよ」

忘れられないエピソードがある。

あれは私が大学生だった頃、私の暮らしていた京都を訪ねてきてくれた父といっしょに、喫茶店に入ったときのこと。

注文したコーヒーがテーブルに届けられ、私も父も、個別に包装された液体状のミルクをカップの中に注ぎ入れた。私がコーヒーを飲もうとしていると、父は、空になっているプラスティック製の小さな容器を、カップの中のコーヒーで濯《すす》いでいるではないか。自分のものだけじゃなくて、私のものにまで手を伸ばして。びっくりした。今の行為、お店の人に見られていなかっただろうかと、恥ずかしくも思った。

父はそんな私の胸の内を察したのか、こう言った。

「もったいのうてな、こうせずにはおれんのよ。まだ底の方に残っとるじゃろ」

母も語っていた。

「おまえらはほんま、ええ時代に生まれてきた。あたしなんか、かぼちゃの食べ過ぎで、皮膚が黄色うなっとったんで」

余った食料品や売れ残った食料品をごっそり捨てている、深刻なフードロスが問題になっている今の日本は、両親の目に、どう映っているのだろうか。

そもそも、主要な食料品や生活必需品は、戦争中から配給制になっていて、それが戦後も続いていた。しかも、その配給が遅れるため、人々は戦後「闇市」と呼ばれていたブラックマーケットへ食べ物を買いに行っていた。いわゆる「買い出し」である。

父の漫画には、屋根の上にまでぎっしりと人々が乗っている「買い出し列車」の絵が描かれている。お米に関しては取り締まりが厳しくて、買い出しはもっぱら、芋類が中心だった。そのうち、買い出しブローカーなる仲介人が横行するようになり、高値の闇米も出回るようになったという。

米配給1人1日2合3勺。5日〜7日の遅配つづきでヤミ市が主流となっていた。とにかく、ヤミ市では食べものがいちばん…

「円」封鎖となり「新円」切替えでインフレはすさまじい。電気・水道・ガスは2倍以上に値上り。屋根まで人であふれる買い出し列車。「米」は取り締りが厳しく、もっぱらジャガイモ、サツマイモを買い足したもの。↓日を追って買い出しブローカーが横行し、高値のヤミ米も出回るようになったが…

春・夏の休みには、父と二人で
宇和島へ買い出しの旅。父の生れ在所の魚神山《ながみやま》へ
出向いて、「イリボシ」をリュックいっぱい、手荷物持てる
だけ持って帰ってくる。これを、米と物々交換してもらう。

ある年、弟を連れて出て、
尾道の桟橋から乗船
の時、弟が海へ落ちた。
運よく船員が助けて
くれたが、危く弟を
死なせるところだったので
ショックを受けた。

当時、栄養失調で「トリ目」になっていて、
夜道は父の背にすがり、疲労で、
眠りながら歩いたものだった。

—22—

お父ちゃん、大変だったなぁ、かわいそうだったなぁと、何度でもつぶやかずにはいられない。尾頭付きの魚の頭も尾もひれも、跡形も残さないで食べずにはいられず、小さな容器に残ったミルクの一滴まで惜しがった父を、笑うことなどできません。

飢えていた父の目に映った「血色のいいアメリカ兵」のお話を少し。

敗戦の日から二ヶ月後の十月、岡山市へもアメリカ軍の兵士たちがやってきた。南方《みなみがた》にあった、空襲で焼け残った邸宅が進駐軍用の住宅にあてがわれていた。また、岡工のグラウンドの半分は、進駐軍のテニスコートになっていて、校庭の片隅に一本だけ、これも辛うじて焼け残っていた楠があり、その木の根元にしゃがんで、血色の良い兵士たちが黄色いテニスの硬球を打ち合う姿を眺めている生徒たちの姿を、父は描いている。

もちろん父自身もそのひとりとして。

日本人が背中に大風呂敷を背負って、あるいは、背中に赤ん坊を背負って、両手と胸に風呂敷包みを抱きかかえて、買い出しに出かけているとき、アメリカ兵たちはテニスに興じていた。

これが勝ち組と負け組の差というものだろう。

一九四六年（昭和二十一年）四月、敗戦の日から八ヶ月ほどが過ぎて、英印軍がやってきた。父によると、彼らは「質が劣り悪評が多かった」という。

アメリカ兵と岡工の生徒たちの触れ合いを描いた漫画は、こんな風に展開している。

ある日のこと、教室の中から外を眺めていた生徒のひとりが「パンパン」と叫んだ。

パンパンって何？

と思ったあなたはきっと、若い人でしょうね。

ここでちょっと、話が逸れてしまうけれど、小学校高学年から読める児童向けの作品として『川滝少年のスケッチブック』を出すことになったとき、編集者といっしょに頭を悩ませたのが、ほかならぬこの「パンパン」だった。これはいわゆる不適切な表現に該当するのだろうか、こんな言葉を児童書に載せるべきではないのだろうか、と。

しかしながら、広辞苑を引くと、実はこの言葉は正々堂々と、というと変かもしれないけれど、要は普通に載っている。見出しも意味も。

【パンパン】（原語不詳）第二次大戦後の日本で、主に進駐軍の兵士を相手とした街娼・売春婦を指した語。

そう、パンパンとは売春婦。児童書には載せない方がいいね、と、彼女と私の意見は一致した。けれども、前述の父の漫画は、当時の学生たちの学校生活を鮮やかに、生き生きと描き出しているので、最終的には、保護者からの批判を覚悟の上で載せた。今のところまだ、苦情は入ってきていません。

ただし、本書の１０１ページに載せている左上の絵のキャプション「占領軍の兵士とパンパンが目立つ」――この一文は、コンピュータによる加工で簡単に削除できたので『川滝少年のスケッチブック』からは、消えている。

閑話休題。

大いに笑える父の漫画とパンパン話に戻ります。

ある日のこと、教室の中から外を眺めていた生徒のひとりが、アメリカ兵と日本人女性の姿を目にして「パンパン」と叫んだ。

以下、脚本風に書いてみます。

アメリカ兵「パンパンだと！　それは誰のことだ？」
犯人を探して、教室を歩き回るアメリカ兵。棒でバシッと叩かれる生徒。大騒ぎとなる。そこへ、あわてて駆け付けた教頭の岡先生、懸命に謝る。
岡先生「ソーリー、ソーリー」
アメリカ兵「彼女は俺のハウスキーパーだ。パンパンではないっ！」
岡先生「すみません、すみません。もう二度と言わせません、パンパンなんて」
アメリカ兵「わかればいいんだ、わかれば。じゃあな」
岡先生「あの、せっかくなので、良かったら、生徒たちに」
アメリカ兵「英語を教えてくれ？　ああ、いいよ。教えてやるよ。きみらに、正しい発音を教えてあげよう」

21年4月

最初にやってきた米国兵は質がよく紳士的だったが
替ってきた英印軍は、質が劣り悪評が多かった。

南方で焼け残った目星しい邸宅は
進駐軍用住宅となっていた。

教頭の岡先生が、あやまってくれ
そのうち、打解けて、英語の発音
教えてくれたりもした。

教室を歩き回り、棒でたたかれ
る者も出て、大騒ぎとなる。

アメリカ兵、にっこり笑って、教壇に立つ。これにて一件落着。

誤解を恐れず書けば、私には、パンパンだった日本人女性たちの気持ちの一端が理解できる。

十五年も続いた戦争が終わって、やっと恋愛も自由にできるようになって、でもあたりを見回してみたら、若くてかっこ良くて素敵な男なんて、ひとりもいない。だって、みんな戦争に行かされて、玉のように砕け散って、死んでしまったんだもの。そんなとき、スタイリッシュな軍服に身を包んだ、血色の良い、見目麗しいアメリカ兵から「ヘーイ！　カモーン！」と声をかけられたなら、誰だって、私だって、ふらふらっと付いていったかもしれません。しかも、デートをしてみると、優しくハグはしてくれるし「きみの瞳は百万ボルトだ！」（一万ボルトなら、日本の歌謡曲にもある）「きみをさらって、地の果てまで行く」（なんて大袈裟な、でも、アメリカ人なら言いそう）なんて、日本人男性なら口が裂けても言わないような甘〜い愛の言葉を、雨あられと降らせてくれるんだもの。

話が脱線してしまいましたけれど、当時のパンパンの気持ち、こんな感じではなかったかなと思います。漫画に記されている「hous」は「house」の間違いですが、見逃してやってください。

優しくされ、骨抜きにされた日本人女性を置いて、日本を去り、アメリカに帰っていく兵士たち。アメリカには、妻や恋人やフィアンセが待っている兵士だって、少なくはなかったはず。そして、あとに残されたのは、妊娠数ヶ月の身重の体。そんな人も、少なくなかったはず。

戦後、アメリカ兵士と日本人女性のあいだに生まれて、生まれた直後に捨てられた子どもは「混血孤児」と呼ばれ、差別され、蔑《さげす》まれていた。信じ難い話だけれど、これもまた、つい昨日のできごとなのである。

混血孤児があまりに増えるので、それまでは禁じていた中絶を、一定の条件のもとに認めようという動きが起こったという。つまり、アメリカ兵は日本に、合法的な中絶をもたらした、というわけである。これは、百万ボルトの置き土産だったのでしょうか。

さて、戦争から解放された十代の父の青春時代は、どんな風だったのだろう。ふたことでまとめてしまえば「貧しい生活、豊かな心」となる。

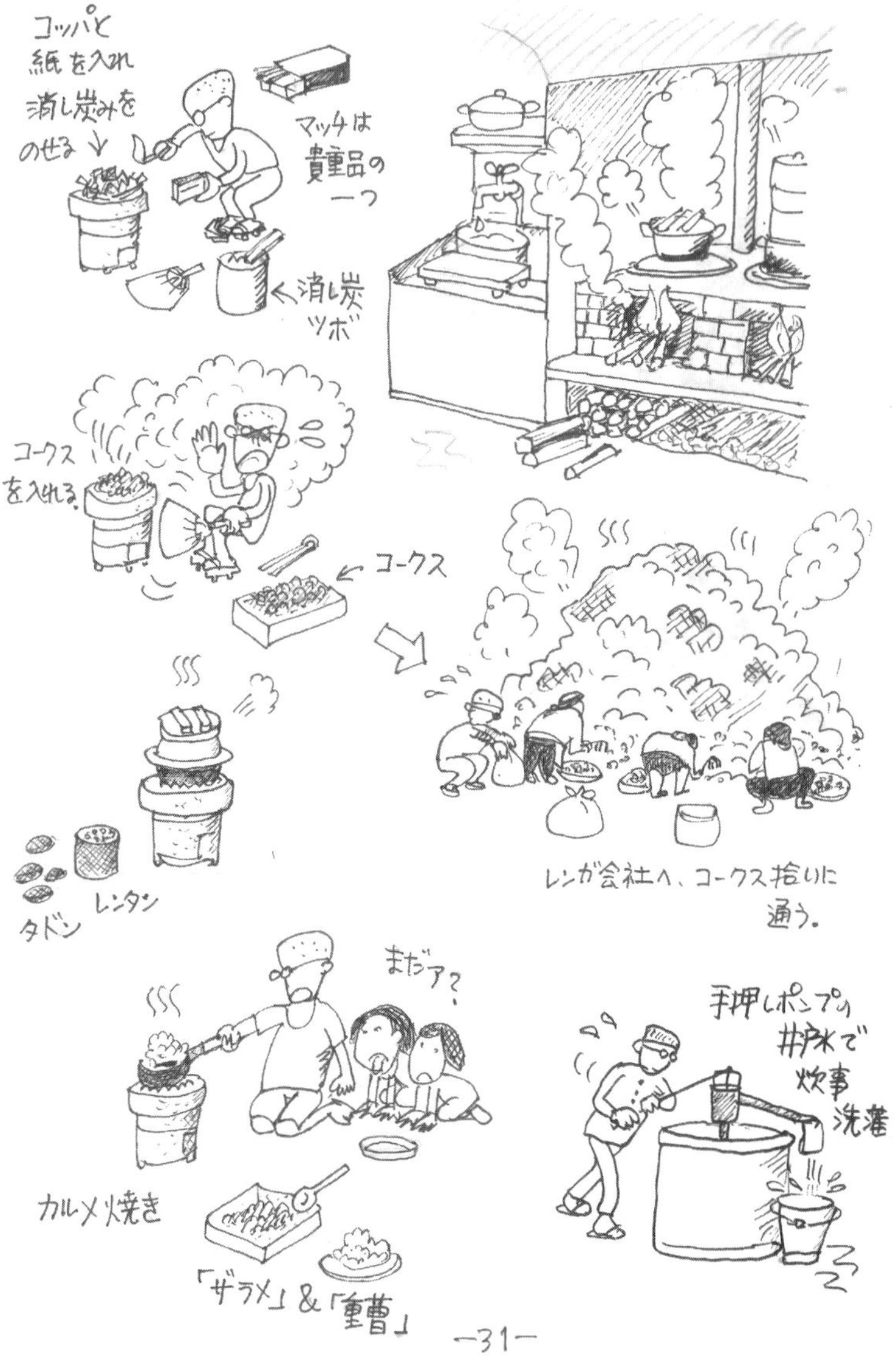
コッパと
紙を入れ
消し炭みを
のせる
マッチは
貴重品の
一つ
消し炭
ツボ
コークス
を入れる。
コークス
レンガ会社へ、コークス拾いに
通う。
レンタン
タドン
まだア？
手押しポンプの
井戸水で
炊事
洗濯
カルメ焼き
「ザラメ」&「重曹」
—31—

狭い家に、生めよふやせよを
励行した両親と子供8人が
暮らしていた。1人当り畳1畳の
スペースであつた。
風呂のある家は少く、銭湯通い
をしていた。

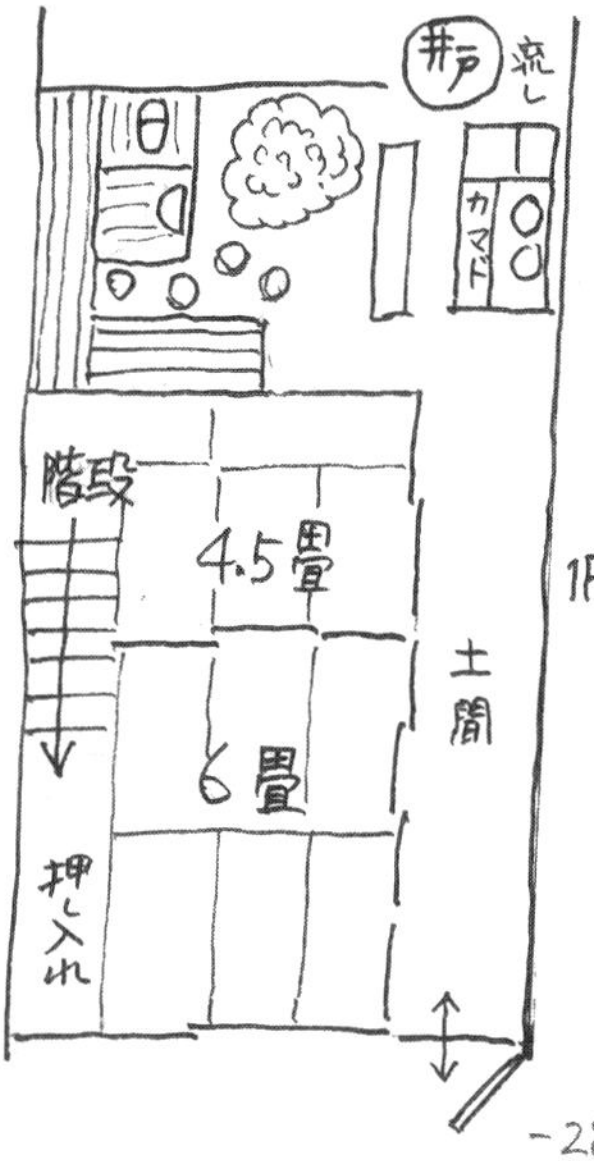

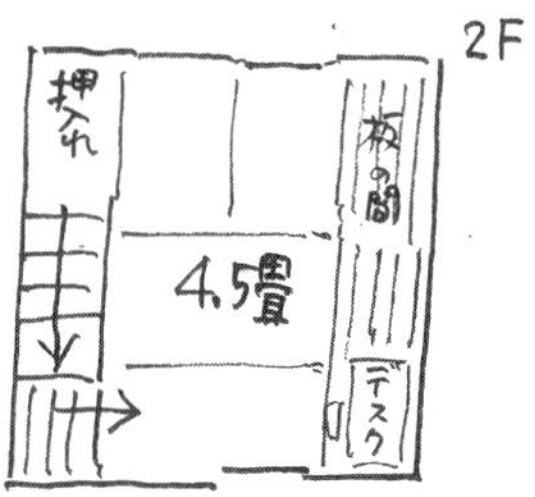

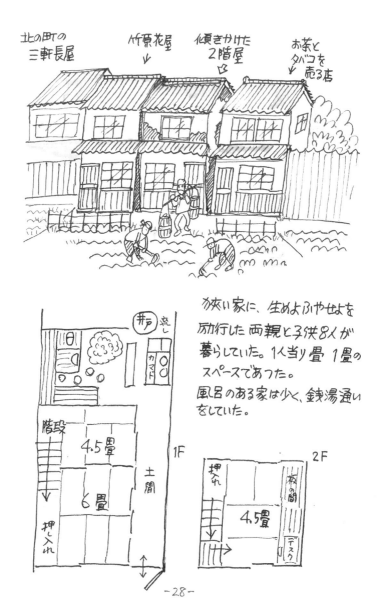

銭湯へは3日に1度くらい。
いつも、小さい妹をつれて…。
走ったらいけん
子守りもよくした。
冬など背押ってると
暖かくていい。
鯨油の石けんは
貴重品で、
女湯と
共用で
使う。
湯舟は芋の子を洗うようで、
一人出ると一人湯へつかるといった有様…。
—29—

三軒長屋のまんなかの、傾きかけた二階建ての家で、きわめて貧乏な暮らしをしていたようだけれど、父の漫画は、あくまでも明るい。

八人きょうだいの長男だった父。すぐ下に弟がひとり、その下に六人の妹。私は「大ちゃん」と呼ばれていた叔父さんにも可愛がってもらったし、六人の叔母さんたちの名前も覚えている。君ちゃん、芙美ちゃん、和ちゃん（芙美ちゃんと和ちゃんは双子）、満《み》っちゃん、佐代ちゃん、清美ちゃん。小学生だった私と、高校生だった末っ子の清美ちゃんは、姉妹みたいなものだった。漫画の中で、赤ん坊の妹を背中におぶっている父は、下駄履きで、両手には本を持っている。二宮金次郎の薪が赤ん坊になっているというわけです。

戦時中、本を読むことさえままならなかったせいか、元来、読書が好きだったせいか、たぶんその両方だと思うけれど、父は「活字に飢え、本に憧れて…表町の古本屋を軒並みハシゴして」歩いたという。

昭和絵日記に登場する作品は「毎月、店頭に長蛇の列つくって買った」という『リーダーズ・ダイジェスト』や『真空地帯』『チャタレイ夫人の恋人』『愛情はふ

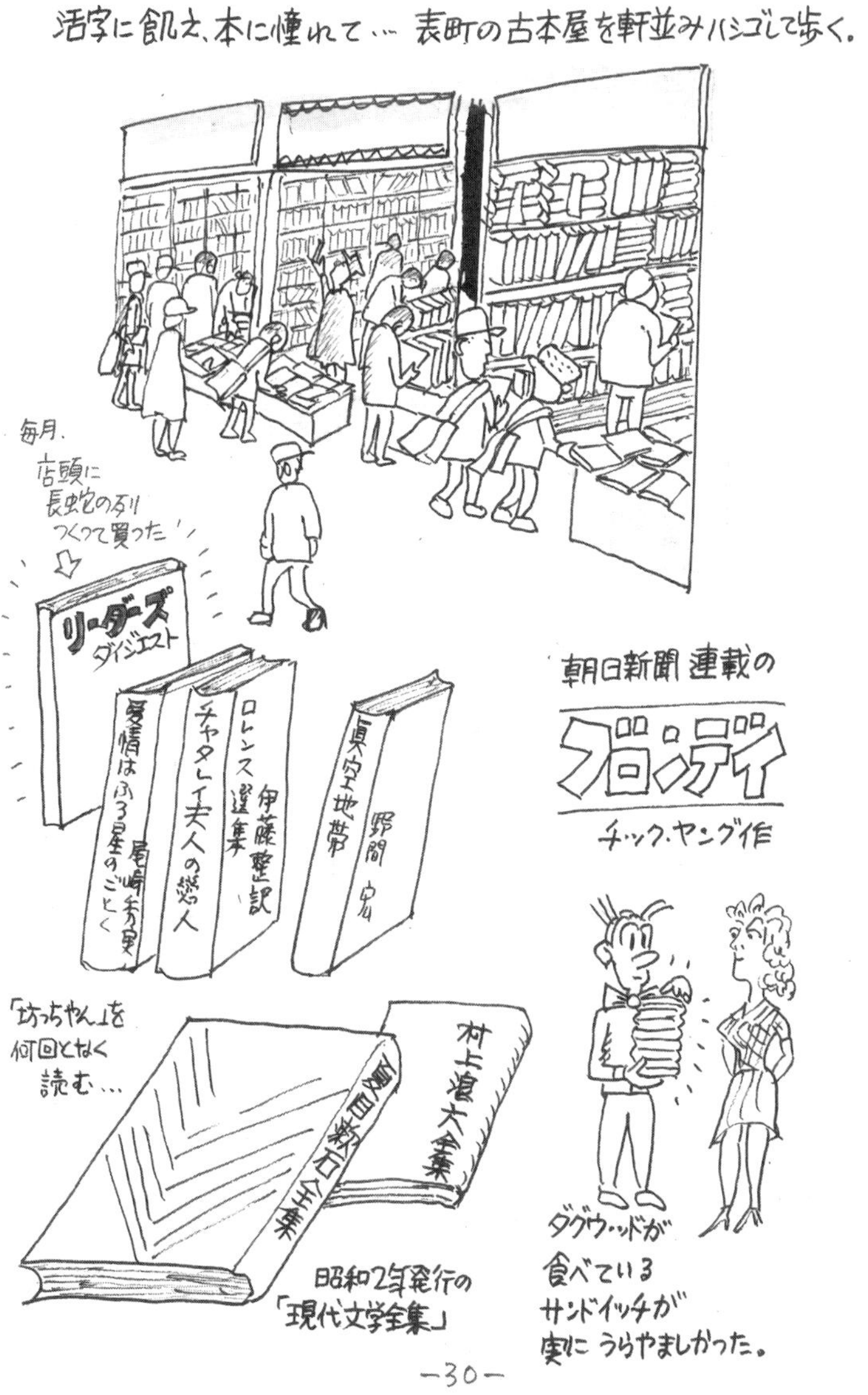
活字に飢え、本に憧れて… 表町の古本屋を軒並みハシゴして歩く。
毎月、店頭に長蛇の列つくって買った
リーダーズダイジェスト
愛情はふる星のごとく 尾崎秀実
ロレンス選集 伊藤整訳
チャタレイ夫人の恋人
真空地帯 野間宏
朝日新聞連載の
ブロンディ
チック・ヤング作
「坊っちゃん」を何回となく読む…
村上浪六全集
夏目漱石全集
昭和2年発行の「現代文学全集」
ダグウッドが食べているサンドイッチが実にうらやましかった。
—30—

る星のごとく』そして『村上浪六全集』『夏目漱石全集』——。

父が夏目漱石を好きだったことは、よく覚えている。渡米後、新人賞を受賞したのに、あとに続く作品を書きあぐねて悶々としていた私に、父は「夏目漱石全集」を送ってきてくれたことがあった。

『真空地帯』と『チャタレイ夫人の恋人』は、高校時代に、私も読んだことがある。しかし、村上浪六《なみろく》と、『愛情はふる星のごとく』の著者、尾崎秀実《ほつみ》については、何も知らなかった。

ふたりの作家について、ぜひとも知りたいと思い、調べてみた。

明治時代に活躍した村上浪六（一八六五〜一九四四）は、弱きを助け、強きをくじく、いわゆる侠客を主人公にした任侠物を得意としていた作家で、彼の書いた作品は撥鬢《ばちびん》小説と呼ばれていたという。

ちゃんばらごっこが好きだった少年の好みそうな作家である。そういえば父は、時代小説が好きだった。いつだったか「お父ちゃんから私におすすめの作家は？」と尋ねたとき「藤沢周平を読め」と、答えが返ってきたことを思い出す。

一方の尾崎秀実（一九〇一〜一九四四）は評論家であり、ジャーナリストでもあったようだけれど、本業はなんとソ連のスパイだった。まったく知らなかった。

第一夜に書いた近衛文麿政権のブレーンとして活躍していた人で、日中戦争からアジア・太平洋戦争に至るまで、軍部とも独自の関係を築いていたという。それ以前から、ロシア系ドイツ人のリヒャルト・ゾルゲが組織した諜報活動集団に参加し、最終的にはゾルゲ事件の首謀者のひとりとして逮捕され、巣鴨拘置所で死刑に処された。獄中から家族に書き送った書簡集のタイトルが『愛情はふる星のごとく』だった。

おそらく『真空地帯』とこの書簡集を、父は文字通り「つい昨日のできごと」として、貪り読んだのだろう。これは余談に過ぎないけれど、私は、この尾崎秀実なる人物に、なぜか強く、心を惹かれ始めている。いつか、作品に書いてみたいと思っている。思いがけないところで父から、小説の素材を受け取った。

そして、ちょっと毛色の異なる作品として、当時、『朝日新聞』に連載されていたチック・ヤング作『ブロンディ』という漫画に、父は魅了されていた。漫画の漫画、つまり、父がヤングの漫画を真似て描いている絵のそばには「ダグウッドが食べているサンドイッチが実にうらやましかった」と、言葉が添えられている。

『ブロンディ』についても、私はまったく知らないのだけれど、ダグウッドというのは登場人物のひとりであるアメリカ人なのだろう。

　買い出しに精を出し、食糧不足で芋飯ばかり食べていた父にとって、ぶあつく、幾重にも重ねられた夢のようなサンドイッチは、アメリカの豊かさの象徴のようなものだったのではないだろうか。

　アメリカの豊かさといえば、父の愛読雑誌として登場している『リーダーズ・ダイジェスト』を忘れてはならない。「リーダイ」と呼ばれていたこの雑誌は、アメリカで刊行されていた月刊誌を翻訳出版していたもので、物質主義と楽観主義に満ちたアメリカ文化にあこがれていた、当時の日本人の心を鷲づかみにしていた。毎月の発売日には、店頭に行列ができるほどの人気ぶりで、私の母の妹である美智子おばちゃんも、愛読者のひとりだったと記憶している。


　このように豊かな読書のほかには、幼い頃、他人の子どものふりをして映画館に忍び込み、無銭鑑賞を繰り返していた映画にも、ますます夢中になった。「映画見物は禁じられていたが、補導員の目を盗んでよく観に出かけた」——。

岡山千日前に
映画館ができる。

21年11月　金馬館
〃　12月　文化劇場
22年　松竹映画劇場
（大人　1円50銭
小人　1円）

1946年（昭21）黒沢明作品

映画見物は禁じられていたが、補導員の目を盗んでよく観に出かけた。

列車通学生だったので当時は校内部活動はサボって表町の古本屋めぐりと映画が最大の楽しみであった。

—26—

お父ちゃん、この頃は、ちゃんとお金を払って観ていたの？

一九四六年（昭和二十一年）の黒澤明監督の作品『わが青春に悔なし』のポスターの絵を父は描いている。主演は、原節子。当時の日本人男性を夢中にさせた俳優に、父もまた夢中になっていたに違いない。

また、この頃から「校内紙に、先生の似顔やマンガを描く。山陽新聞の編集者の目に止り、『山陽中学生新聞』に4コマ・マンガを描くことになる。新聞社の編集室へ出入りするが、プロの世界の厳しさを、垣間見る。ネタ探しに、放課後の古本屋歩きが日課となる」と、記されている。プロの漫画家を夢見て、父なりに、努力はしたのではないだろうか。もしかして、山陽新聞社に問い合わせれば、当時、父が連載していたという漫画『三平君』が残っていたりするのだろうか。しかし私は、問い合わせたりはしない。こういうことは、想像しているだけでいいのです。

プロの世界の厳しさとは、どんな厳しさだったのだろう。たとえば、原稿を没にされるなど、したのだろうか。

かつて、駆け出しの小説家だった私のように。

この頃から

校内紙に、先生の似顔やマンガを描く。

山陽新聞の編集者の目に止まり、
「山陽中学生新聞」に 4コマ・マンガを
描くことになる。

三代校長
嘉数英雄
S14.4〜S23.5

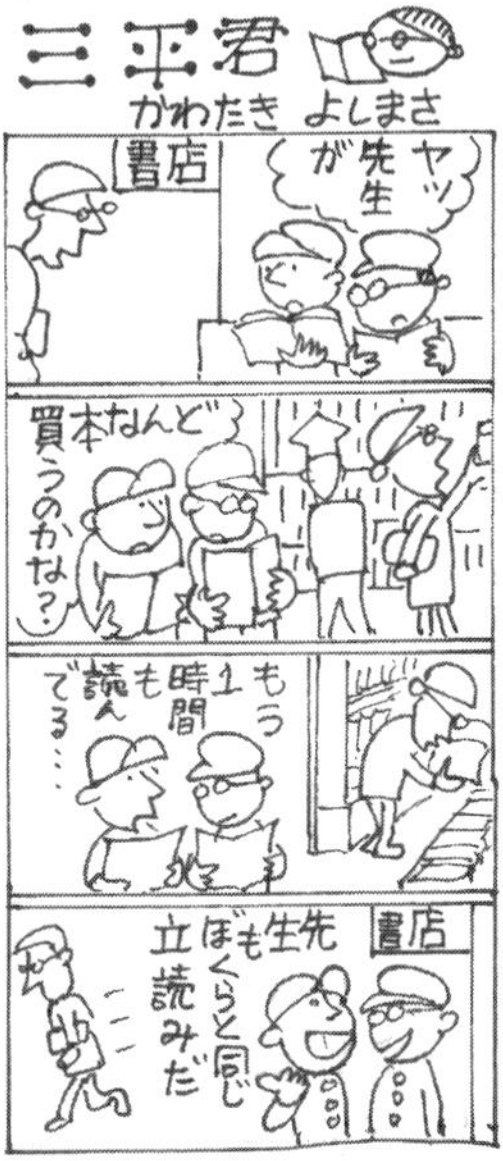

四代
神崎栄一郎
S23.9〜24.8

五代
吉田三郎
S24.9〜40.9
(あだ名・ベチャ)

新聞社の編集室へ出入りするが、
プロの世界の厳しさを、垣間見る。

(当時 亀井三恵子さんもプロ・マンガ家を
めざして一緒に描いていた。)

ネタ探しに、放課後の古本屋歩きが日課となる。

—27—

プロになれなかった父は私に、だからこそ、あんなにも厳しい言葉を投げ付けてきたのだろうか。私には、是が非でもプロになってほしかったから？

「おまえはいつまでも下らないものばかり書いている」と言われ、泣かされたことも、今となってはなつかしい。思い出せば頬がゆるむ、つい昨日のできごと。カーペンターズの名曲「Only Yesterday」が聞こえてきそうです。

プロといえば、父が山陽新聞社に出入りしていた頃、漫画家を目指して描いていた、若き亀井三恵子さん（一九二九〜）との邂逅もあったようである。父は出入りしていただけで、結局、プロの漫画家にはなれなかったわけだけれど、亀井さんはその後、長谷川町子さんと並ぶ、女性漫画家の草分けになられた。

駆け足でたどってみれば、全体的に明るいムードの漂う昭和の青春絵日記ではあるものの「この時期、飛び込み自殺者も多かった。岡山空襲でたくさんの死者をみて以来、死者には不感症気味」と、いかにもさりげなく、挟み込まれている列車の漫画に、私の目は釘づけになる。

ここで話を少し、前に戻します。

「狭い家に、生めよふやせよを励行した両親と子供8人が暮らしていた」――。

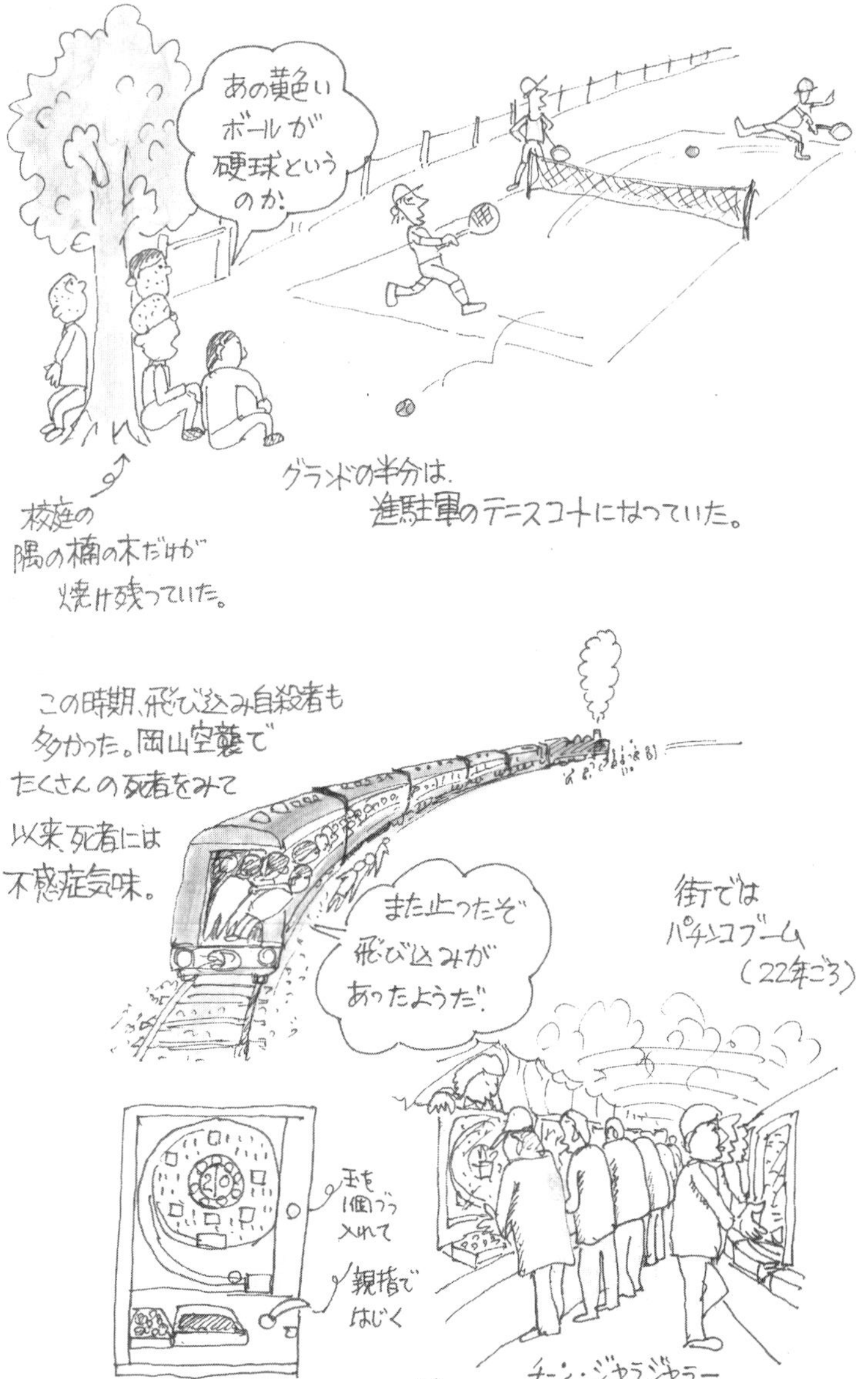
あの黄色い
ボールが
硬球というのか!
校庭の
隅の楠の木だけが
焼け残っていた。
グランドの半分は
進駐軍のテニスコートになっていた。
この時期、飛び込み自殺者も
多かった。岡山空襲で
たくさんの死者をみて
以来、死者には
不感症気味。
また止ったぞ
飛び込みが
あったようだ
街では
パチンコブーム
(22年ごろ)
玉を
1個づつ
入れて
親指で
はじく
チーン・ジャラジャラー
−33−

この頃の生活風景を描いた漫画として、丸一ページを使って父は「父の印象」を描いている。私にとっては祖父の印象ということになる。

このページの見出しの言葉は「父の印象…飲む、吸う、寝る…」である。

父方の祖父の名前は、川滝関太郎。

「関太郎おじいちゃん」と、私たちは呼んでいた。母方の祖父は楠太郎おじいちゃんで、孫の私に昭和天皇夫妻の写真を与えようとしたのは、楠太郎です。

ふたりとも、大酒飲みだった。

大酒飲みの男なんて、当時はそれほど珍しくはなかったのだろうと思うけれど、長年の大量飲酒が祟って、ふたりとも、晩年は脳卒中で倒れたあと、半身不随で、寝たきりの状態となり、家族やまわりの人たちから自業自得と揶揄され、めそめそ泣きながら、死んでいった。哀れな最期だったと思う。私は祖父たちから可愛がってもらっていたので、心底、同情していたけれど、両親は最後の最後まで容赦がなかった。

大酒飲みの父親を持ち、義父もまた大酒飲みだったせいで、私の父は酒も煙草も嗜まない人になった。

父の印象…「飲む、吸う、寝る…」
天皇写真
タバコ臭いなァ
スパスパ
父の戦時国債が全部
紙屑になる
トホホ…
よく飲むなァ
グィグィ
タバコ不足つづく(1日1人4本)
どぶろく
or
エチルアルコール
母はいつも大きいおなか
アチチチッ
唇や指先を焼くまで吸う
また消えた!
キセルへつめて更に吸う.
21年秋は電産ストで停電が頻繁になる。
タバコ巻きを手伝う.
コヨリつくりをして
米を1升ビンに入れて棒でついて精白する。
キセルのヤニ取りをやらされる。

−32−

「酒飲みは好かん」

と、口癖のようにそう言っていた。

母も同じだった。

「酒飲みの末路は哀れじゃ。よう見とけよ」

母の父親、楠太郎おじいちゃんが寝たきりになっている、そのすぐそばで「ばちが当たったんじゃ。ざまあ見ろじゃ」などと、母は毒舌を吐いていた。

関太郎おじいちゃんは、しょっちゅう酒を飲んで暴れていて、家の仏壇を蹴ったりしていて、不随になったのは「仏壇を蹴った方の足じゃったんよ」というのは、父の発言だったか、母の作り話だったのか、記憶は曖昧だけれど、たぶんふたりとも同じようなことを言っていたのではないか。

「酒で人生を棒に振ってたまるか。一滴も飲まん」と、父。

確かに、お酒を飲んでいる両親の姿を、私は目にしたことがない。

さて、父の昭和絵日記の第2巻に相当する「岡工時代」のページも、残すところ、あと二見開きになった。三十四ページの記述は、戦後初のメーデーで始まる。

漫画の中に出てくるプラカードには、こんな言葉が描き込まれている。

詔　書

国体はゴジされたぞ

朕はタラフク食ってるぞ

ナンジ人民　飢えて死ね

ギョメイギョジ

食べ物の恨みは深い、ということだろうか。
もう一枚のプラカードには「米よこせ」と書かれている。
ギョメイギョジとは「御名御璽」のことで、意味は、天皇の名前と公印。
この漫画の下に描かれているのは、東京裁判の一場面である。

「デス・バイ・ハンギング！」

ラジオで聞いた判決の声が今でも耳の底に残っている！

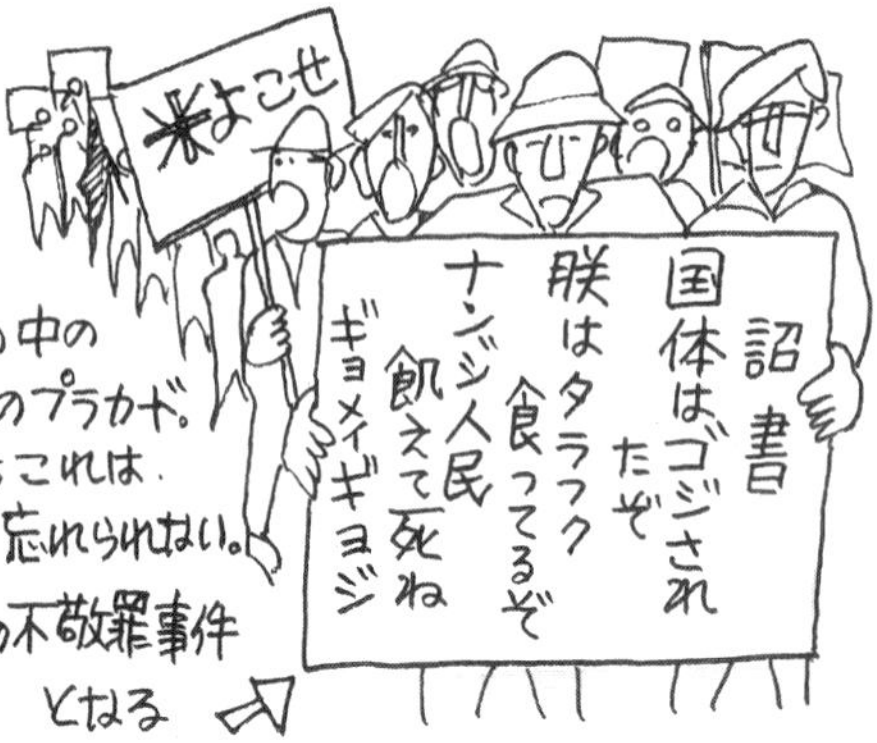

デモの中の
無数のプラカード。
中でもこれは、
今でも忘れられない。
最後の不敬罪事件
となる

1946（21年）
戦後初のメーデー
（5/1）
50万人が皇居前広場
に参集した。
同じく5月19日には
25万人が参加して
食糧メーデーとなった。

○ 第1回統一選挙で社会党第一党（片山内閣）
女性代議士 39人。

○ 新憲法公布（22年5月3日）

ラジオで聞いた判決の声が
今でも耳の底に残っている！

○「デス・バイ・ハンギング！」　極東国際軍事裁判（東京裁判）
(A) 平和に対する罪で → 7人絞首刑、16人終身禁固刑
と厳しい判決。（5/3〜23. 4/16）"勝てば官軍"を実感。

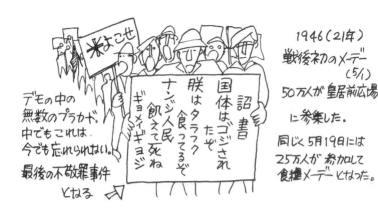

その次のページには、絞首刑に処されたA級戦犯七名の似顔絵が描かれている。東條英機、土肥原《どいはら》賢二、広田弘毅《こうき》、板垣征四郎、木村兵太郎、松井石根《いわね》、武藤章。

これまでの長きにわたって、私は、この七人を七把一絡げにして悪者と考えていた節がある。「ああ、この人たちがあの愚かな戦争を継続したから、戦争をやめなかったから、大勢の若者たちが無駄死にをしたのだ」と。

けれども、つい最近「文学作品を通して、子どもたちに戦争を知ってもらおう」というテーマで作品を書くためのリサーチをしている過程で出合った、一冊の本がきっかけになって、この考えを改めるに至った。

城山三郎著『落日燃ゆ』――。

この本を読んで初めて、私は広田弘毅という人物を知り、彼が戦争勃発時から戦中を通して敗戦直前まで、いかにして平和外交に苦心惨憺してきたか、また、いかにして和平成立を軍部が壊してきたか、その詳細を知ることができた。

城山三郎（一九二七〜二〇〇七）は、私の父よりも四つ年上、父と同じ皇国少年で、敗戦よりも三ヶ月前、十七歳のときに志願して、海軍特別幹部練習生として、入隊している。

買い出しスタイル

米軍から放出される小麦粉の配給
すいとん
お好焼
パン
大切な主食
(2年5月頃)

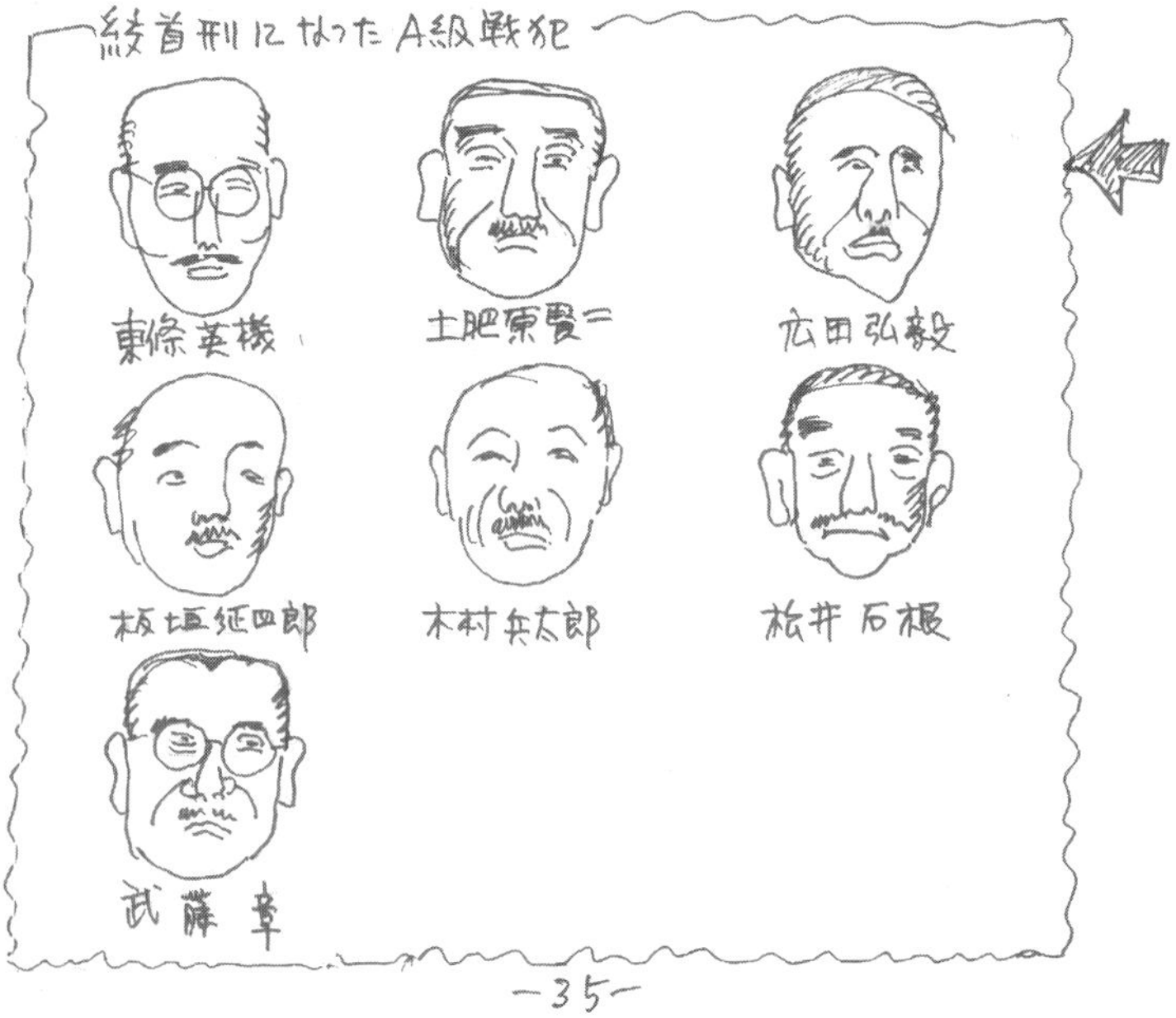
絞首刑になったA級戦犯
東條英機
土肥原賢二
広田弘毅
板垣征四郎
木村兵太郎
松井石根
武藤章

以下、七名の絞首刑に関係している場面の一部を引用する。

七人は、他にだれも居ない第一号棟《とう》で、死のときを待った。死出の旅を共にする仲間として、広田にとって、残りの六人は、あまりにも異質であった。呉越同舟とはいうが、にがい思いを味わわされてきた軍人たちに、最後まで巻き添えにされ、無理心中させられる恰好《かっこう》であった。

土肥原、板垣の両大将は、満州・華北・内蒙古で謀略による事件を惹《ひ》き起し、外相広田の対中国和平交渉を挫折《ざせつ》させた。

武藤中将は、組閣本部にのりこみ、外相候補吉田の追放などを要求、広田内閣の組閣を妨害した男である。

東条大将は、広田ら重臣の参内《さんだい》を阻止し、対米開戦諫止《かんし》論に耳をかそうともしなかった。木村兵太郎大将は、その東条の陸相時代、次官として補佐した男であり、松井大将は、南京における麾下《きか》軍隊を統制できず、結局、広田にまで「防止の怠慢の罪」をかぶせる結果となった将軍である……。

そうした軍部そのものである男たちと同罪に問われ、同じ屋根の下で、同じ死刑の日を待たねばならない。

もちろん、ここでは、すでに六人とも憎めない男に帰っていた。ある者は、気のやさしい男であり、ある者は、腕白坊主のように無邪気なところのある男である。軍服を着こみ権勢を極めていた日々のことが、嘘《うそ》のようにさえ思えてくる。

だが、統帥権《とうすいけん》独立を認めた「長州のつくった憲法」のおかげで、彼等はたしかに猛威をふるい、その結果として、いま、たしかに死の獄につながれていた。背広の男広田という付録までつけて。

同じ死刑囚とはいえ、広田と他の六人に心の底から通い合うものはなかった。


なぜ、こんなことが起こったのか。

それについては、ここには書かない。私は読書感想文の中で、あらすじの説明はするべきではないと思っているし、子どもたちにも繰り返し、そういうアドバイスをしている。

代わりに、これもつい最近、新聞記事（『朝日新聞』二〇二三年十月）で読んだインタビュー記事に触れておく。

「文学作品を通して、子どもたちに戦争を知ってもらおう」という作品を、いっしょに創ろうとしている編集者が見つけて、送ってきてくれたこの記事は、城山三郎氏の次女、井上紀子さんへのインタビューを基にして書かれている。

井上さんは、お父様の言葉を紹介しながら、こう語っている。

「戦争を生き残った自分には、何があったのかを書き残す責任がある。書くのはつらいけど、書かないのはもっとつらい、と話していました」

城山三郎氏は、紫綬褒章の受章を辞退するに当たって、こう語ったという。

「僕は、戦争で国家に裏切られたという思いがある。だから国家がくれるものを、ありがとうございます、と素直に受け取る気にはなれないんだよ」

私はこの言葉に、源氏物語を嫌う父を重ね合わせた。

今は廃屋の
旧南方郵便局。
この角をまがって
校門へ
向っていた。

南方
1丁目

空襲で焼け残った南方の通りは、
50年経っているが、まだ当時の面影がわずかにある。

夢を抱いて東京へ…
鈍行列車で
12時間の旅
ともあれ、激動の6年間、
喜怒哀楽を共に過した、多感な少年たちは
旅立って行った…
'49
S.24
〜
S25
1ドル 360円単一レート
三大公安事件（下山事件
三鷹事件
松川事件）
朝鮮戦争（6/25）
中間子理論で
湯川博士、日本人初の
ノーベル賞
'49（24）
—38—

第四夜　働く者の幸いを——ブルーカラーの青春

昭和25年～27年は、戦後史の大きな曲り角であった！

昭和絵日記――マンガ自分史の第3巻「東京てんやわんや」の冒頭は、このような一文で始まっている。

その下には、東京駅の駅舎と正面玄関の絵。「学生服姿で赤レンガ造りの大東京駅頭に立つ」というキャプションの通り、父は制服制帽、背中にはリュックサック、手にはボストンバッグ。父、このとき、十八歳である。

同じページの下半分には、何やら怪しげな英文が並んでいる。

1と2に分かれているところを見ると、どうやら歌詞のようだ。

父の説明文によると、この英文を「証誠寺《しょうじょうじ》の狸ばやし」のメロディで歌うようになっているらしい。

証城寺の狸囃子。

今の日本の子どもたちは果たして、この童謡を知っているかどうか、歌ったことがあるかどうか、わからないものの、私は聴いたこともあるし、たぶん遠い昔には、歌ったこともあるのではないかと思う。

昭和25年〜27年は、戦後史の大きな
曲り角であった！
学生服姿で
赤レンガ造りの
大東京駅頭に立つ。
1. Come, come, everybody, How do you do and how are you?
won't you have some candy? one and two and three,
four, five. Let's all sing, a happy Song, Sing tra la, la, la.
2. Good-by, everybody. Good night untill
tomorrou、Monday, Tuesday Wenesday,
Thursday, Friday, Saturday, Sunday.
Let's all come and meet again.
「証誠寺の狸ばやし」のメロディ
平川唯一のカムカム英語（S.21〜S.30まで
つづく）

「しょ、しょ、しょうじょうじ、しょうじょうじのにわは、つ、つ、つきよだ、みんなでてこいこいこい」——作詞者は野口雨情。北原白秋、西條八十と並ぶ、日本の童謡界の三大詩人のひとりである。千葉県の木更津市にある證誠寺を訪ねた野口雨情が、寺に伝わる狸囃子伝説を基にして創作したと言われている。「證誠寺」ではなくて「証城寺」と記した理由は複数あるようだけれど、真偽のほどは定かではない。作曲者は中山晋平で、一九二九年（昭和四年）に、平井英子という歌手が歌って、ヒットしたという。

このエッセイを書くために、私はこの怪しげな英文を童謡のメロディに合わせて、歌ってみた。

「カム、カム、エボリボディ、ハウドゥユードゥ、アンド、ハウアーユー……」

音楽の授業は、これくらいにしておきます。

種明かしをすると、この英語の歌詞はＮＨＫのラジオ番組『英語会話』のテーマソングだった。番組の別名は「カムカム英語」で、この番組は戦後、一九四六年（昭和二十一年）から一九五一年（昭和二十六年）まで続き、ＮＨＫでの放送が終了したあとは、ラジオ東京（現在のＴＢＳラジオ）に、その後も文化放送に引き継がれ、一九五五年（昭和三十年）まで続く長寿番組になった。ちなみに、私は観ていないのだけれど、二〇二一年十一月から翌年の四月までNHKで放映された、朝の連続テレビ小説のタイトルは『カムカムエヴリバディ』だった。

ラジオ番組のパーソナリティは、平川唯一《ただいち》。父は、英語の歌詞のそばに、スタンドマイクに向かって話す平川氏の似顔絵を描いている。

英語で「証城寺の狸囃子」を口ずさみながら、ラジオで英会話の勉強をしている父の姿を想像すると、月夜に寺の境内で踊っているたぬきが浮かんできて、笑える。「負けるな　負けるな　和尚さんに　負けるな　来い来い来い　来い来い来い　みんな出て　来い来い来い」――。

絵日記の第2巻が教育勅語で始まっていたことを思えば、カムカム英語の歌詞で始まる第3巻は、父の書いている通り、さぞ大きな曲がり角だったに違いない。

父が上京した年――一九五〇年（昭和二十五年）はどんな年だったのだろうか。前の年の元日に日の丸の自由使用を許可したマッカーサーは、この年の元日には「日本国憲法は自己防衛権を否定せず」と声明を発表し、これが同年七月に設立される警察予備隊への布石となる。

同時に、何よりも共産主義を恐れていたマッカーサーによる「赤狩り」が、アメリカでも日本でも激化していく。

日本国内では六月に、共産党の中央委員二十四人がマッカーサーによって公職から追放され、主流派は地下に潜り、共産党は分裂した。このような動きを受けて、警察本部は全国のデモや集会を禁止している。

その後、六月二十五日に朝鮮戦争が勃発すると、マッカーサーは、共産党の機関紙『アカハタ』を三十日間の発行停止にし、翌月の七月には無期限停止にしている。この時期、『アカハタ』に限らず、新聞社をはじめとするマスコミ関係者、政府関係者、公務員などの一方的な解雇処分、いわゆる「レッドパージ」が日本全国で吹き荒れた。日本政府と企業は九月に、共産党員とその同調者、約一万人以上を解雇している。しかしながら、ひとつ、見過ごしてはならないのは、こうした赤狩りの陰で、それまで公職から追放処分を受けていた旧軍人や軍国主義者、国粋主義者たち、およそ一万四千人が再び公職に返り咲いたことである。

このような年に、父は「校門のない大学だなァ」と、呑気な台詞をつぶやきながら、早稲田大学を訪問している。実際に、呑気であったかどうかは別として。

東京てんやわんや　1950〜1952

都の西北 早稲田の森に……憧れて上京する。同郷の先輩、犬飼氏の知遇を得て、1年後に、夜間の第二理工学部をめざすことにした。

機械科履修の技が生かせるように…と
板橋区志村の水道メーターを造る会社
金門
所
近くに「凸版印刷」があった…
「金門製作所」を紹介してもらい
工場の方で採用してもらう。
真鍮製のメーター
m3
9 6 8 2
電動施盤だ
大・中・小のギアを削って作り、これを組立てて
水道局のメーターにして納品する。

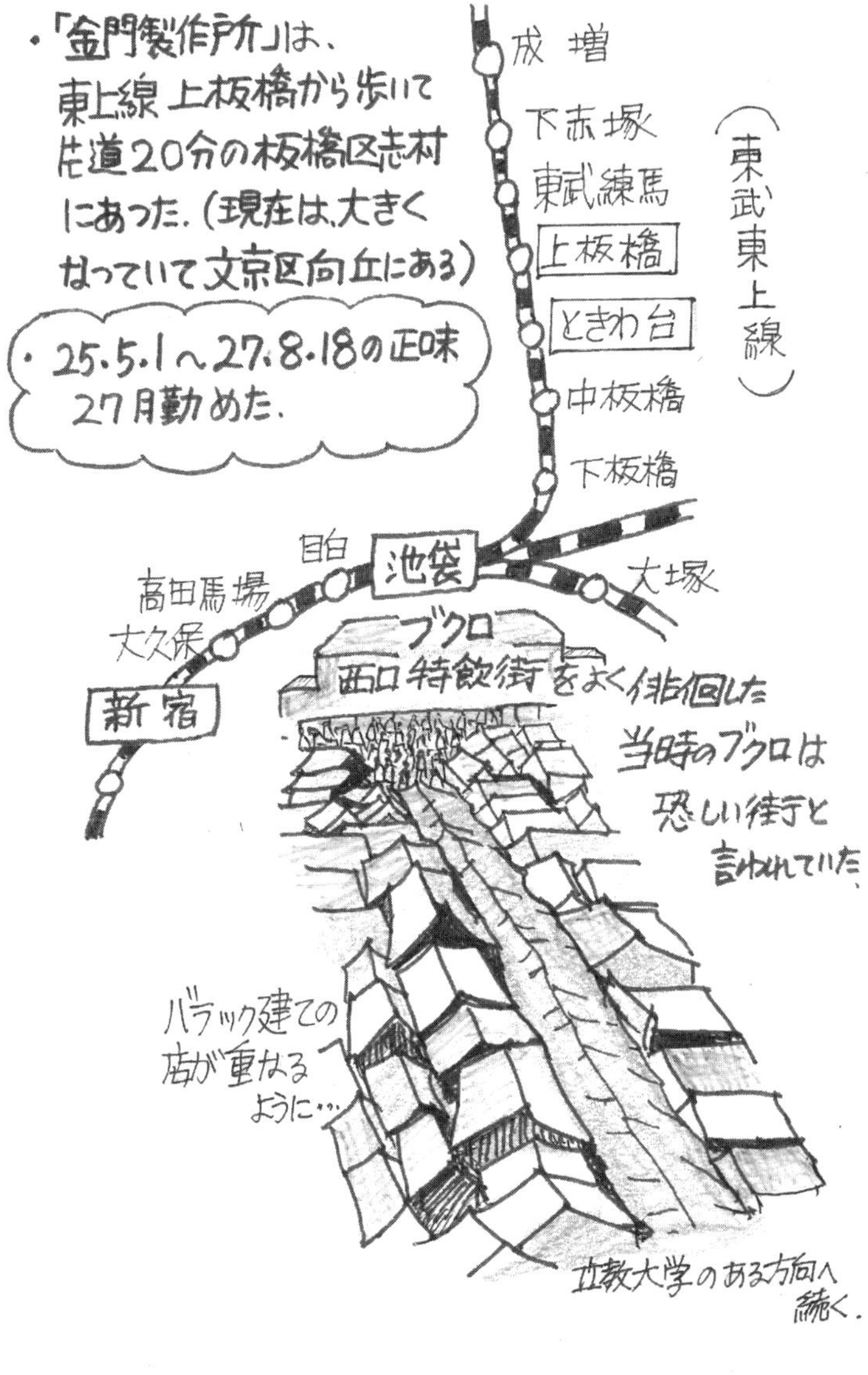
・「金門製作所」は、
東上線 上板橋から歩いて
徒歩20分の板橋区志村
にあった.（現在は、大きく
なっていて文京区向丘にある）
・25・5・1〜27・8・18の正味
27月勤めた.
成増
下赤塚
東武練馬
上板橋
ときわ台
中板橋
下板橋
（東武東上線）
池袋
目白
高田馬場
大久保
新宿
大塚
ブクロ
西口特飲街をよく徘徊した
当時のブクロは
恐しい街と
言われていた.
バラック建ての
店が重なる
ように…
立教大学のある方向へ
続く.

私が生まれたときにはすでに、父は電電公社（現在のＮＴＴ）で働いていて、定年を迎えるまで勤務し、定年後も関連会社で働き続けていたので、私にとって父とは「電話局の人」でしかなかった。

父が早稲田大学を志望していたことも、工場で水道メーター作りに励んでいたことも、この絵日記を目にするまでは、まったく知らなかった。

言い換えると、父は私に、東京時代のことは何も教えてくれなかった。ことさらに隠していたわけではなかったと思うけれど、みずから進んで話そうとはしなかった。

「お父ちゃんにはな、暗〜い過去があるんじゃ。東京では、暗黒の時代を送ったんじゃ」

毒舌家で話の面白い母がそんなことを言っていた記憶が、かすかにある。

「暗〜い過去」という、笑いを含んだ母の言葉が耳の奥に残っている。

母は意味深な表情をしていた。いや、笑いをこらえていたのかもしれない。自分だけが知っている父の秘密を暴いて、私に聞かせたくて、うずうずしていたのかもしれない。だから「それって、どんな過去？」と尋ねたら、母は父の東京時代のことを面白おかしく話してくれたのかもしれない。けれども如何せん、高校生だった私は、父親の過去になど、まったく、微塵も、興味がなかったのだった。

若き父が働いていた会社、金門製作所。

父の記述によると、工場は「東上線上板橋から歩いて片道20分の板橋区志村にあった」という。父がここで水道メーターを作っていたのは「25・5・1〜27・8・18の正味27月勤めた」と、日付まで正確に記されている。工場労働者だったのは二年と三ヶ月。十八歳から二十一歳になる手前まで。

調べてみると、この会社は今もちゃんと存在していた。「ちゃんと」なんて書くと、会社に対して失礼な気もしますが、私の気持ちとしてはそんな感じです。

現在の名前は「アズビル金門株式会社」という。

ここには詳しく書かないけれど、社の歴史をたどってみると、一九〇四年（明治三十七年）に国産で初のガスメーター、十文字乾式A型を開発して以来、今日まで、ガスメーター、水道メーターの分野で成長、発展を遂げているりっぱな会社である。二〇二二年には「電力網を利用したLPガスクラウドサービスの提供

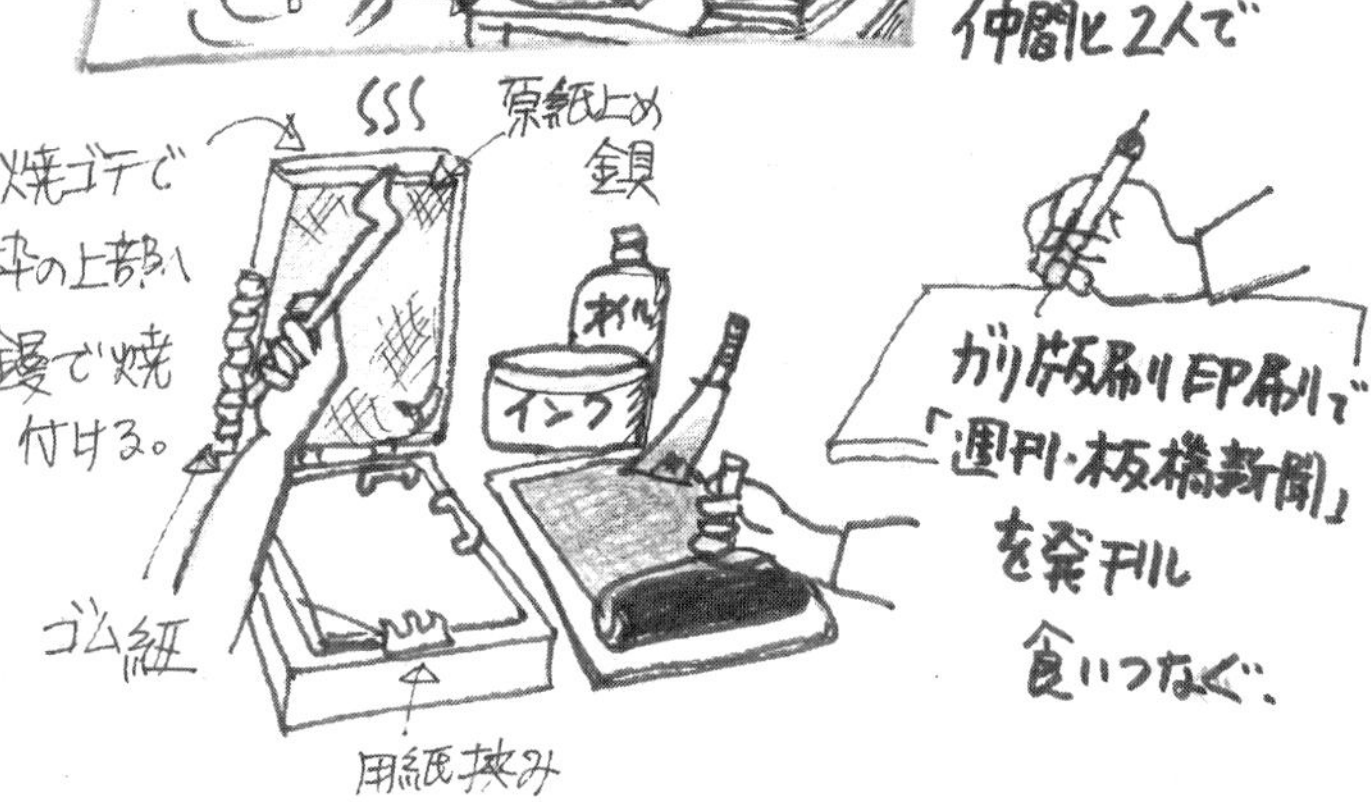

※ガリ版刷りのテクニックを極めた.

・失業保険の6ケ月間、工場の仲間も新聞読んでくれた. 極左冒険主義に走り出すオルグに嫌気をさし
この年の末に、進学の夢も破れ、岡山へ出戻ることになった. 思えば、この3年間は、教科書にない人生の一幕となった！

開始」とのことで、門外漢の私にはなんのことやらさっぱりわからないものの、とにかくりっぱな会社に違いありません。

こんな会社で父が働いていたとは。そして、のちに、馘《くび》になるとは！　そこで母と知り合ったから、父は岡山へ出戻りをして電話局に就職し、そこで母と知り合ったから、私が生まれたわけなので、私は父を馘にした金門製作所に感謝あるのみです。そして私は、かつて水道メーターを作っていた工場労働者、いわゆるブルーカラーの娘であることに、誇りを持っています。

馘になった理由は「朝鮮動乱ブーム後退し市場低落、倒産企業多数、合理化促進法で大量解雇者」と絵日記には記されている。しかし、それだけではなかった。父は、工場の仲間ふたりと組んで、ガリ版刷り印刷による『週刊・板橋新聞』なるものを発刊していた。父の絵を見ると、新聞発行はどうやら工場内でおこなっていたようだ。工員にこんな迷惑千万なことをされたら、雇い主としては解雇するしかないだろう。「板橋新聞社」で発行していた新聞の記事の内容は推して知るべしで、マッカーサーの赤狩りに反発し、労働者の権利を主張する左派思想に染まっていたものと思われる。

さて、上京してから鹹になるまで、父はどんな青春時代を送ったのだろう。
名づけて「昭和のブルーカラー、川滝青年の東京メモワール」――。
まずは、その目次を私が書いてみました。
その1　相変わらず貧しい食生活、お風呂は三日に一度
その2　日比谷から数寄屋橋、銀座へ、とにかく歩く
その3　乗り物は超満員の環状省線（現在の山手線）
その4　上野の美術館、大好き
その5　悪い遊びも覚えました
その6　鳩の街を徘徊（お母ちゃんには内緒です）
その7　冬山スキーと歌声運動（これぞ健全な若者の青春）
その8　とにかく映画ざんまい、ビビアン・リーにノックアウト
その9　超満員の映画館で、立ち見鑑賞（お金は払ったの？）
その10　神田神保町の古本屋街を歩き回る
それではこのあとは、父の漫画で本編を楽しんでください。

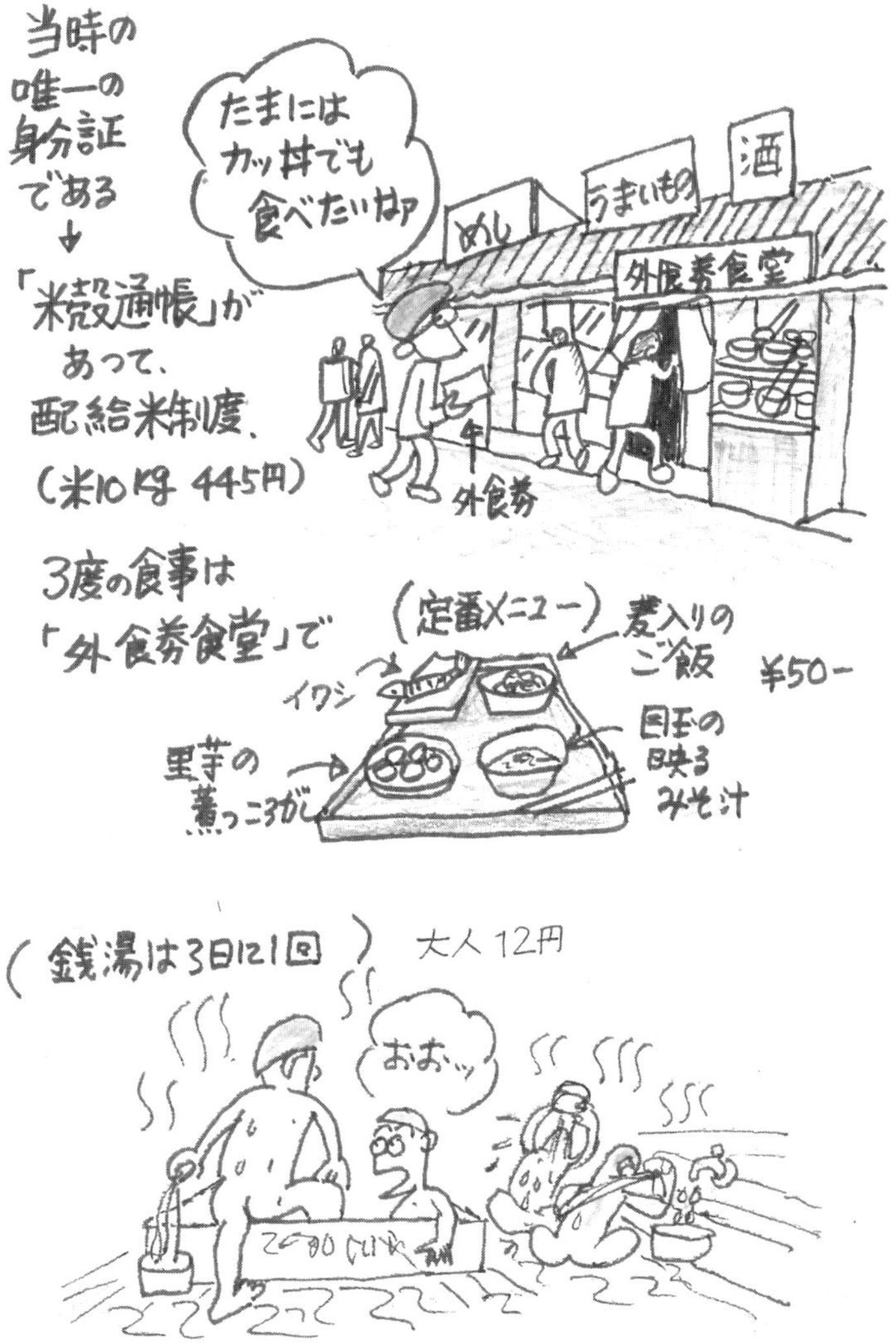
当時の唯一の身分証である
↓
「米穀通帳」があって、配給米制度、
(米10kg 445円)
たまにはカツ丼でも食べたいなァ
めし
うまいもの
酒
外食券食堂
外食券
3度の食事は「外食券食堂」で
(定番メニュー)
麦入りのご飯
¥50−
イワシ
里芋の煮っころがし
目玉の映るみそ汁
(銭湯は3日に1回)
大人12円
おおッ

日比谷から
数寄屋橋、銀座へと
とにかく当時は、よく歩いた。
まさに、人波に揉まれて…

ボップ・ホープの腰抜け二丁拳銃「ボタンとリボン」の歌
〝大人も子供もバッテンボー〟が聴えていた。

環状省線（今の山の手線）利用がメインであった。

最低3円.

10円

路面電車(市電)は超満員。

どこへ行くのも、この市電を乗り継いで行くのが一番安上り（乗り継ぎ切符）だが、3年住んでないと、うまく乗り継ぎができないといわれた。

銀座通りにも市電。両側の歩道にテント張りの小さい店、露店がずらり……

田舎出には、

見るもの聞くもの全て新鮮な別世界体験。

体中に、どんどん染み着いていった。

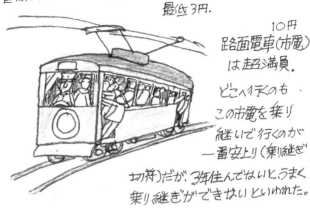

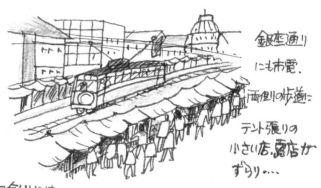

上野の美術館へよく行った、

ガード下には靴磨

街角に

おーい
玉が
出んぞ
パチンコが
流行りだ
していた。
なけなしの手元で
玉買って打つが
損するばかり。

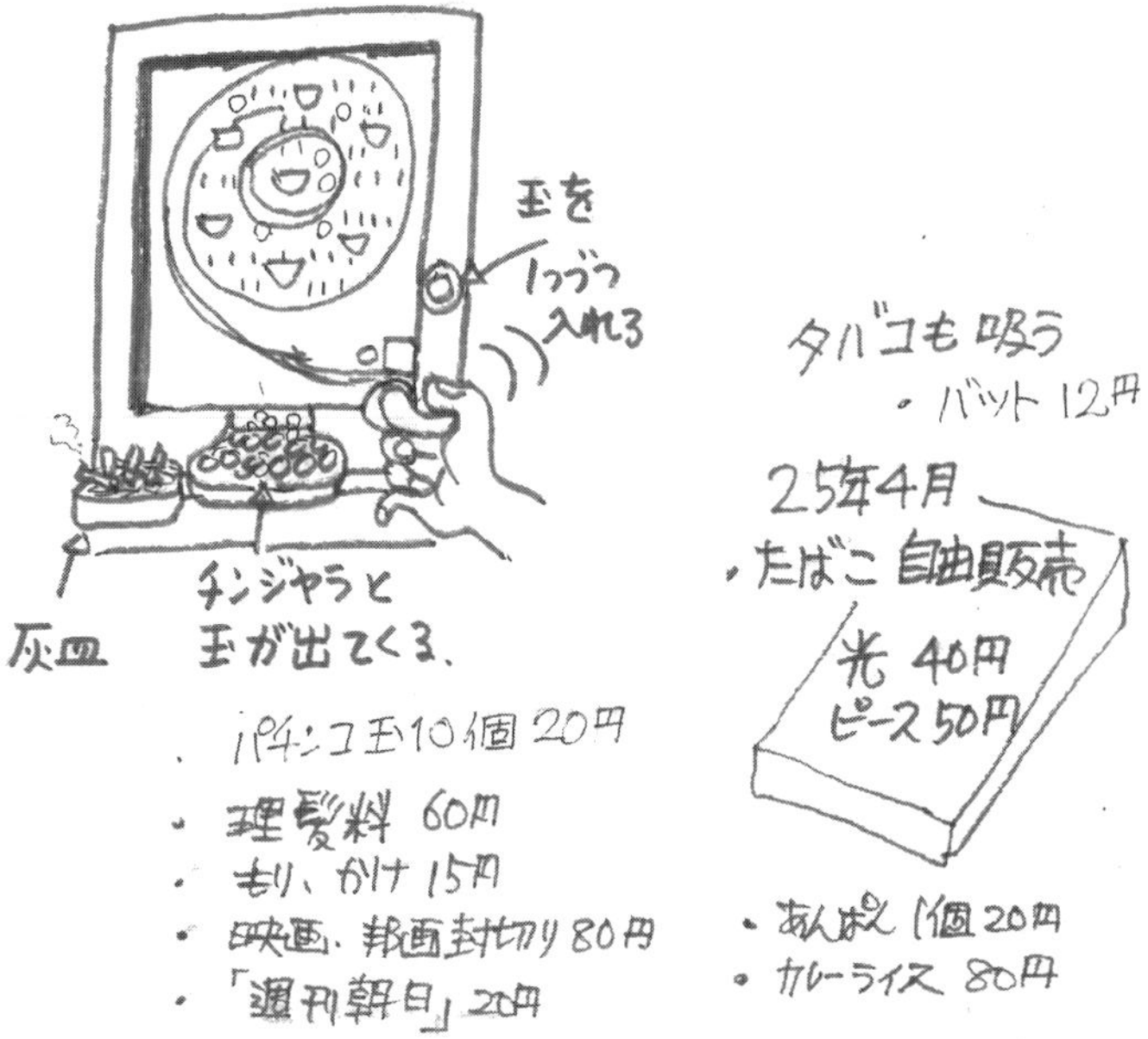
玉を
1つづつ
入れる
灰皿
チンジャラと
玉が出てくる。
・パチンコ玉10個 20円
・理髪料 60円
・もり、かけ 15円
・映画、邦画封切り 80円
・「週刊朝日」20円
タバコも吸う
・バット 12円
25年4月
・たばこ自由販売
光 40円
ピース 50円
・あんぱん 1個 20円
・カレーライス 80円

マージャンも覚える

工場の仲間に誘われるが、すぐに勝負事は性に合わないと悟る。

鳩の街をも徘回もした。

この年自由、解放の気分は高揚し社会勉強の方はどんどんエスカレートした。

冬山スキーも
よく行った。
あんな上まで
登るのか。もう
クタクタだー
クリスチャニアで
スイスイの仲間
霧ケ峰高原
菅平
志賀高原

文化サークルでの
歌声運動も真っ盛り
多摩川土堤にて歌う。

兎に角、映画はよく観に行った。

池袋
人生座での
洋画
（隣席に小沢栄ら新劇役者も来ていて目を見張った…）

イタリア映画

・「自転車泥棒」
・「無防備都市」に感動！

風と共に去りぬ

・GONE WITH THE WIND
ビビアン・リー
クラーク・ゲーブル

・「ゴールドラッシュ」
チャップリン

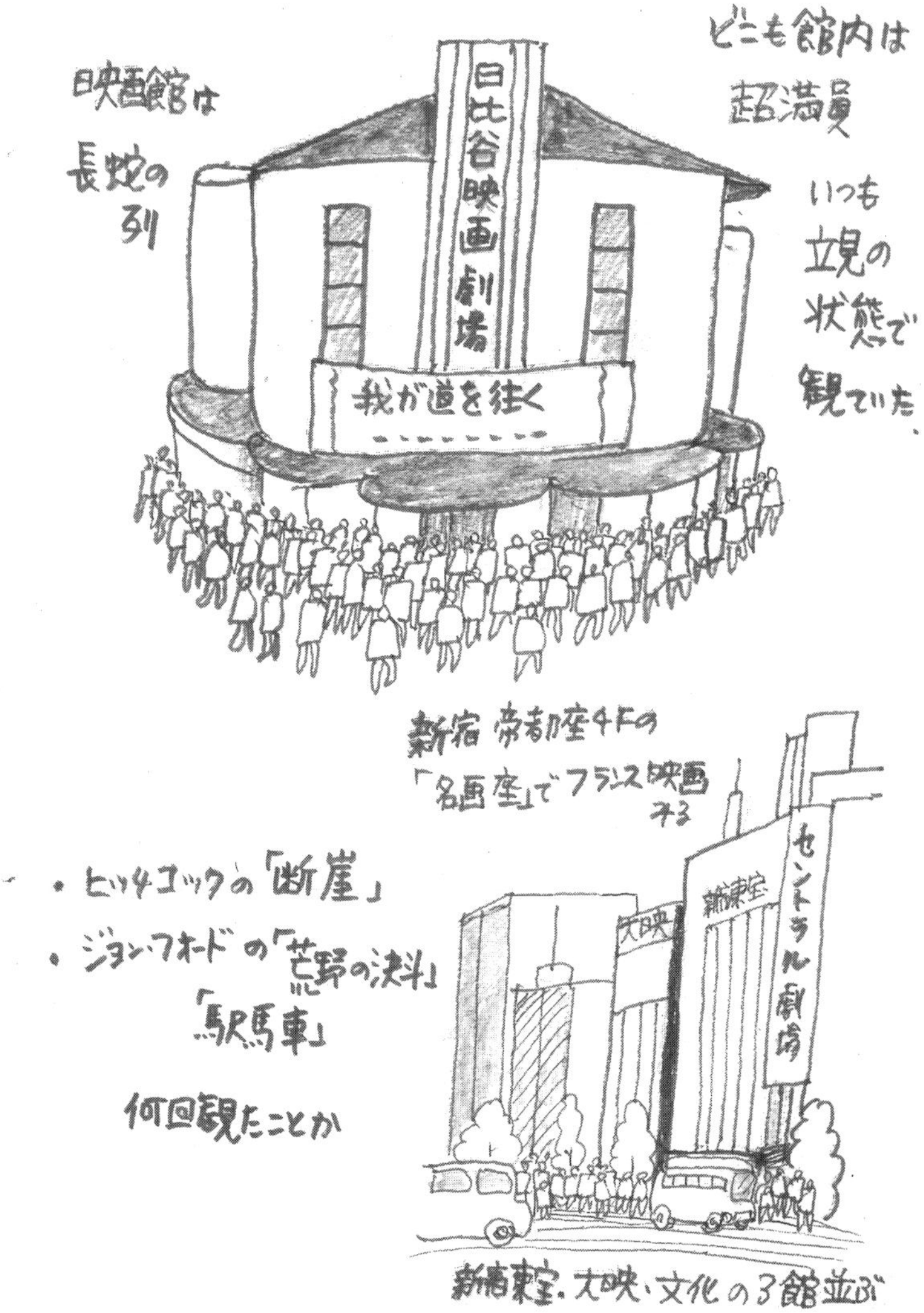
映画館は
長蛇の
列
日比谷映画劇場
我が道を往く
どこも館内は
超満員
いつも
立見の
状態で
観ていた。
新宿 帝都座4Fの
「名画座」でフランス映画
みる
・ヒッチコックの「断崖」
・ジョンフォードの「荒野の決斗」
「駅馬車」
何回観たことか
セントラル劇場
新東宝
大映
新宿東宝、大映、文化の3館並ぶ

'50東宝
今井正監督
・「また逢う日まで」
久我美子、岡田英次
滝沢修、杉村春子
※・ガラス窓越しのキスシーン
〈反戦映画〉

・「きけわだつみの声」
・「赤い靴」
・「虹をつかむ男」
・「白雪姫」

ベネチア国際映画祭
グランプリ

BOOKS

・無着成恭「山びこ学校」
・笠信太郎「ものの見方について」
・峠三吉「原爆詩集」

神田神保町の古本屋街を歩く

峠三吉の「原爆詩集」――。

この一冊については、私が中学生だったときに住んでいた実家の、廊下に置かれていた両親の本棚から抜き取って、読んだ記憶がある。

薄い詩集だった。父が十八か十九のときに古本屋で買い求めた本だから、ぼろぼろになっていたはずだ。

この記憶は、曖昧ではない。あまりにも、はっきりしている。

この詩集の本扉の裏に、中学生だった私は落書きをした。単純な落書きではなかった。峠三吉になり切って、万年筆で読者へのメッセージもどきを書き、そのうしろにはご丁寧にも「峠三吉」と、あたかも詩人がサインをしたかのように名前を書き記した――というような、手の込んだ落書きである。

なぜ、こんなことをしたのか。

動機や目的については、自分の心のことなのに、まったく覚えていない。言ってしまえば、自己満足というか、自己陶酔というか、そういうものだったのではないだろうか。

案の定、この落書きは、父に見つかった。

「これ、あんたが書いたんじゃろ」

そう言って、ある晩『原爆詩集』を目の前に突き出された私は、まっ青になっていたのだろうか、それともまっ赤に？　思い出せない。どうせこうなるとわかっていて、確信犯的に落書きをしたのではないか、という気もする。確信犯とは、信念（私の場合、作家になりたい！）に基づいて、悪いことだとわかっていながら、なされる悪事や犯罪を犯す人のことを指して言う言葉である。

大切な蔵書に、消せない悪戯《いたずら》をされたのに、驚いたことに父は、怒りも叱りもしなかった。

「こんなふざけたことをするモンが世界のどこにおる！」

と、父は言わなかった。あきれて、物も言えないというような心境だったのかもしれない。

あるいは父は、娘が作家になりたいと思い始めていることに気づいていたのだろうか。峠三吉になり切って、わざと大人っぽい文字で落書きをした娘は思想犯であったと、父が解釈してくれたのだとしたら、やっぱり父は蠍座の男だなと、私は笑ってしまうしかありません。

会社創立記念日には
工場内で家族慰安会
家族感謝演藝大会
舞台背景の
大きな絵を
描いた
落語家の
古今亭今輔
出演
明朗
團結
古今亭今輔
生で聴く落語
の面白さに
大爆笑した。

X'mas
イヴの
ダンスパーティ
踊りは
できなくて
会場の
飾りつけ…

日本橋。
正面が三越デパート

デパートの展覧会が無料なので
よく模写して歩いた。

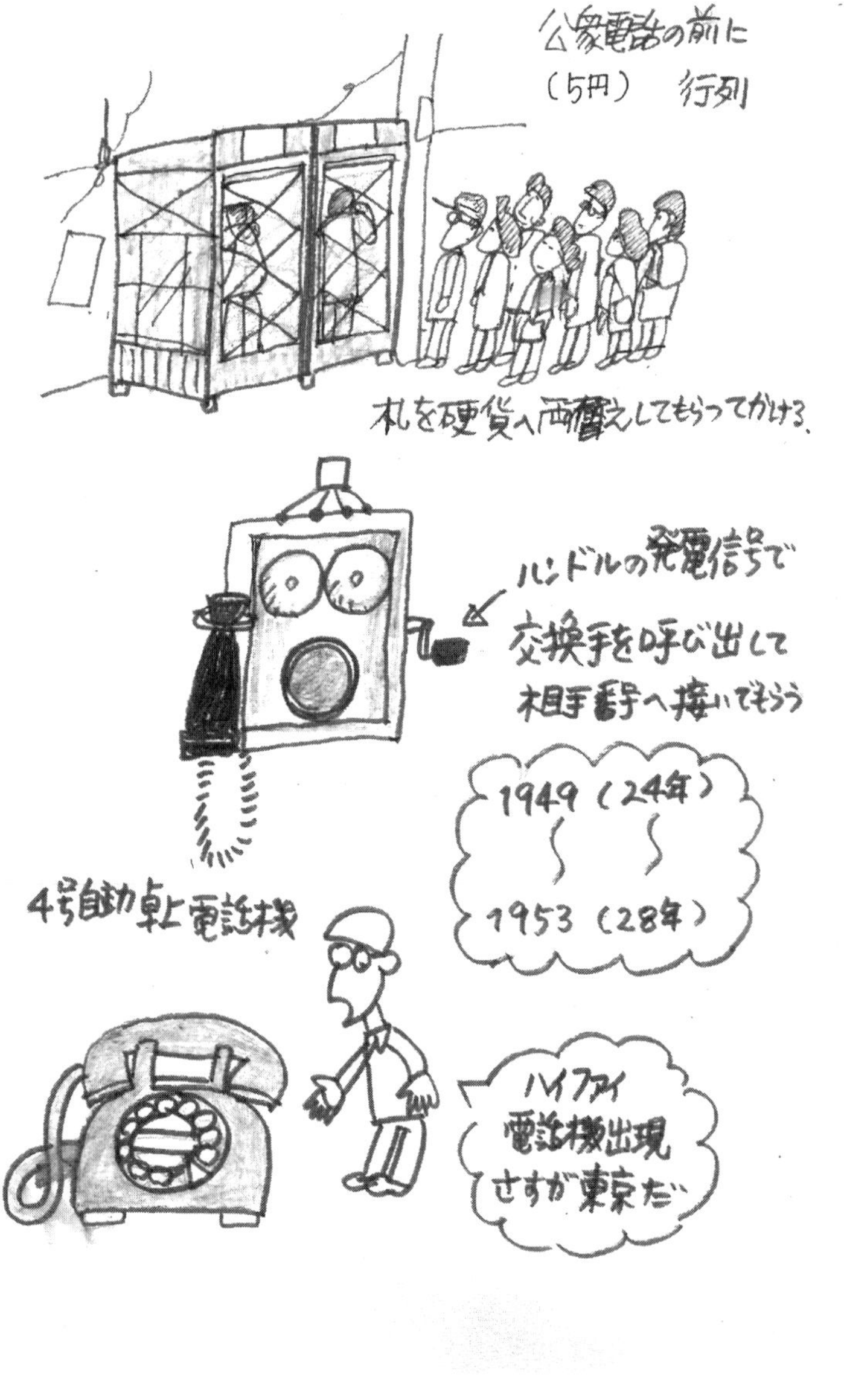
公衆電話の前に
(5円)　行列
札を硬貨へ両替えしてもらってかける。
ハンドルの発電信号で
交換手を呼び出して
相手番号へ接いでもらう
1949（24年）
1953（28年）
4号自動卓上電話機
ハイファイ
電話機出現
さすが東京だ

命がけで無謀な戦争に反対した作家たちに共感した。

その一方で"聖戦"と称し、戦意向揚を煽動した従軍作家たちが、戦後、反省もなく平和主義の仮面を被って発言しているのを見て、その無責任さに怒りを憶えたものだった。

- 「太陽のない街」 徳永 直
- 「真空地帯」 野間 宏
- 「蟹工船」「党生活者」 小林 多喜二
- 「毛沢東選集」（上）（下）
- 「愛情はふる星のごとく」 尾崎 秀実

ご多聞にもれず、かつての"軍国少年"から価値観の逆転で、"働く者の幸いを…"と、ついには左翼のシンパへとはまってしまう。

川滝青年は「毎夜、読書会へ参加した」という。

これは、雑誌『新日本文学』で活躍していた作家が講師を務めていた読書会で、漫画には、椅子に腰掛けて講義をしている女性作家の姿と、その前で正座をして講義を聴いている父たちの姿が描かれている。

講師の台詞は「共産党だけが、あの無謀な戦争に協力しなかった…」──。

命がけで無謀な戦争に反対した作家たちに共感した。

その一方で、聖戦と称し、戦意向揚を煽動した従軍作家たちが、戦後、反省もなく平和主義の仮面を被って発言しているのを見て、その無責任さに怒りを憶えたものだった。

気骨のあるこの書きぶりが私は好きである。『源氏物語』が嫌いな父がここにも宿っている。向揚は「高揚」または「昂揚」が正しい。

この下には、当時の父の愛読書が並んでいる。

左翼の思想に共鳴した父の愛読書は、いずれも『原爆詩集』の収まっていた本棚に並んでいたという記憶がある。尾崎秀実の作品は、絵日記の第2巻にも出ていた。よほど強い感銘を受けていたのだろうか。左翼のシンパとして。

「お父ちゃんはな、電話局でも組合運動に入れ込み過ぎて、出世ができなんだ。おかげで、あたしはどれだけ苦労したことか」

母の愚痴がなつかしく思い出される。

父の上京からおよそ一年半後、一九五一年（昭和二十六年）九月に、日本は対日講和条約と日米安全保障条約に調印している。それよりも前の同年一月には、アメリカ軍の駐在と、日本の再軍備の方向性が示され、これに対して、共産党は武力闘争の方針を固めている。

父が左翼のシンパにはまった理由も、なんとなく理解できる。

「パチンコ屋から軍艦マーチが流れ出す…」

「いよいよ『逆コース』へ」

「エエッいつか来た道？」と、十代の父は危惧している。日米安全保障条約、いわゆる「安保」はその後、日本全国の大学を巻き込んで荒れ狂う、学園紛争を引き起こす要因にもなる。

1950年6月、朝鮮半島で戦争勃発!!

ドッジ不況の日本は、朝鮮特需となった。

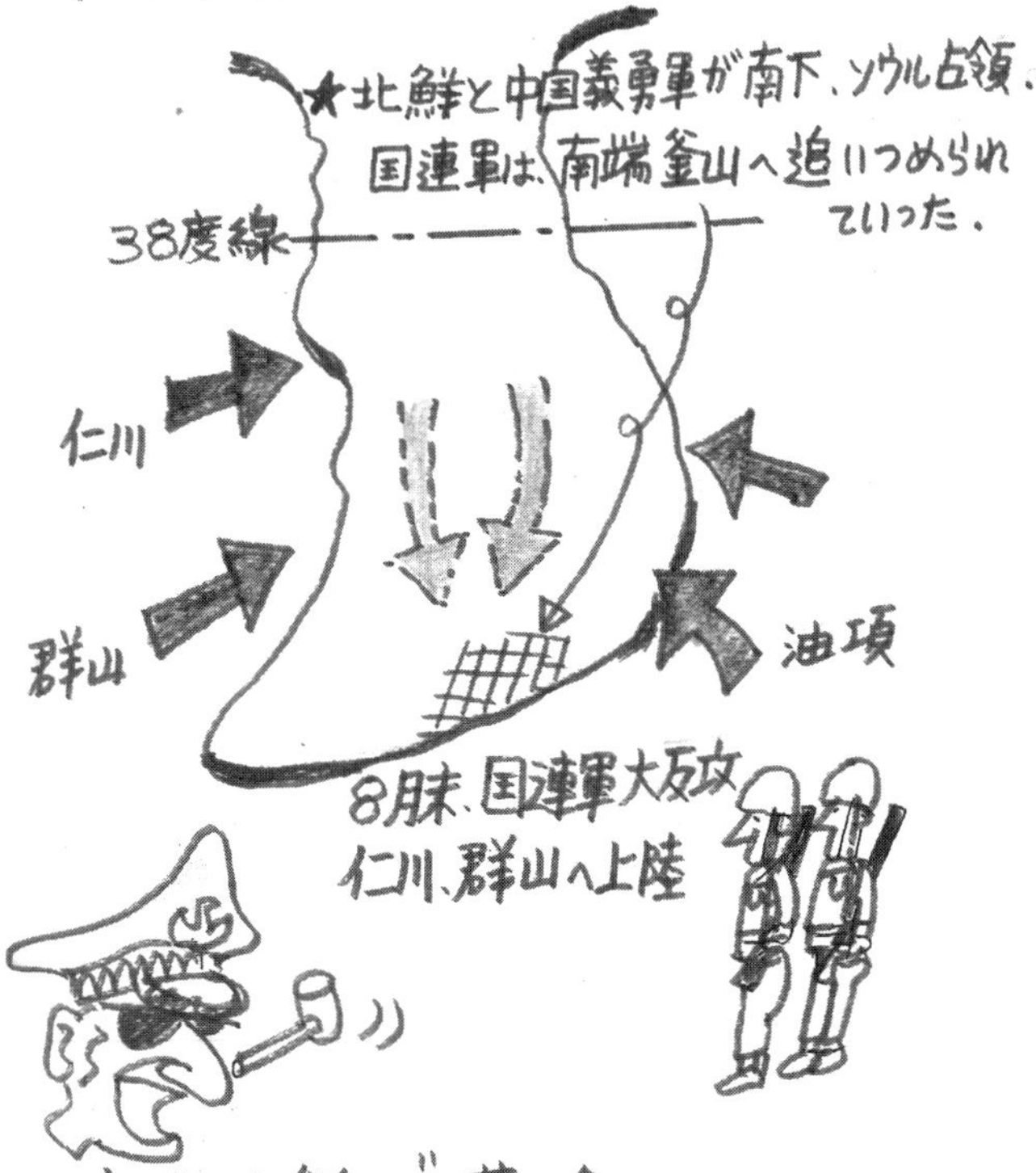

GHQから集会デモ禁止令。

「マスコミ界」から始ったレッド・パージが民間企業へと広がった。戦争中の軍国主義者・国粋主義者らの公職追放解除がなされた……。

'51年　パチンコ屋から軍艦マーチが流れ出す‥

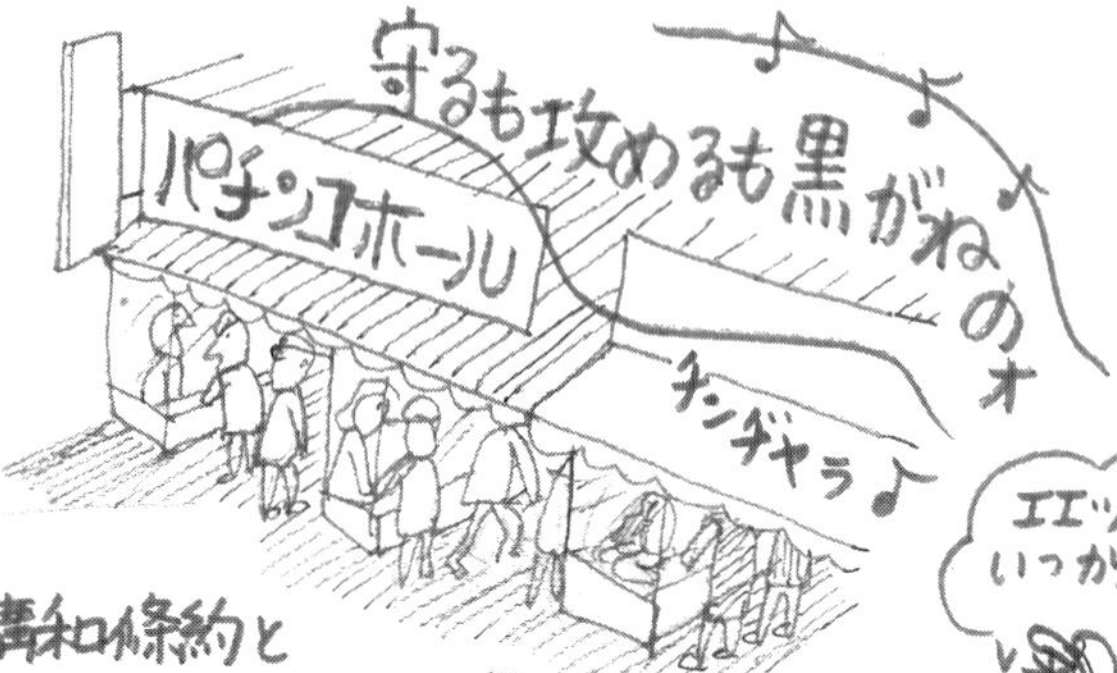

★日米講和条約と

★安保条約締結。いよいよ「逆コース」へ。

レッドパージ計画粉砕
全学連総決起大会

★日本は、完全に、アメリカ極東軍の戦略体制に組み入れられた。

。前進座公演「ベニスの商人」中村翫右衛門

。滝沢修「炎の人」ゴッホ

朝鮮戦争に一喜一憂、新聞社の前に貼り出された
——新聞の立読み

歌声喫茶に集う。
“リンゴーの花ほころび♪

・共産党中央委24人が
公職追放となる。
・共産党の武装闘争方針
・第4回全国協議会
（四全協）を秘密裏に
開催。
・中核自衛隊「遊撃隊」
（火炎びん斗争，山村工作隊）

コーヒー50円

武装GIも多くなり、騒然としてきた。

4月16日、突然のマッカーサー解任に驚く!!

「Old soldiers never die; they just fade away.」

"老兵は死なず、ただ消え去るのみ"

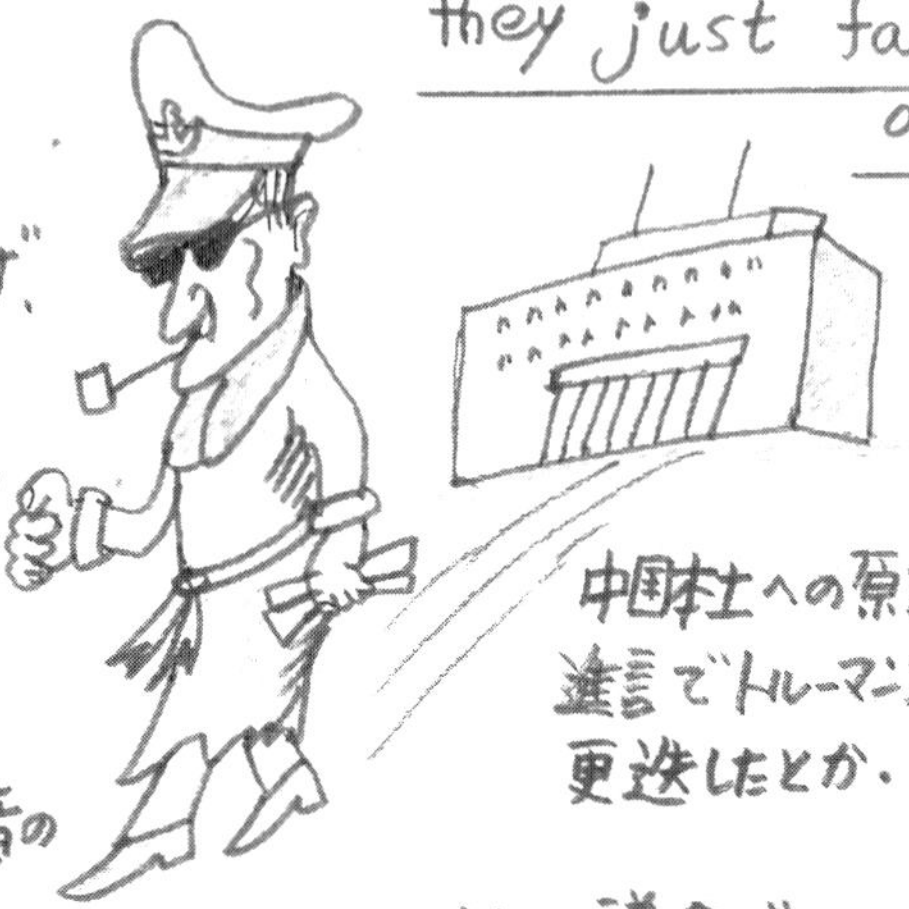

中国本土への原爆攻撃進言でトルーマン大統領が更迭したとか。

さすがは千両役者の台詞だと感心した。

⇨ このあと本国の議会で「日本人の成熟度は12才。勝者にへつらう傾向あり…」と証言したことが報じられ、ガッカリした。日本人を小馬鹿にしていたと腹立たしく思ったものだった。

- 旧陸・海軍正規将校1万4千人が追放解除。
- 74,000人の警察予備隊が発足

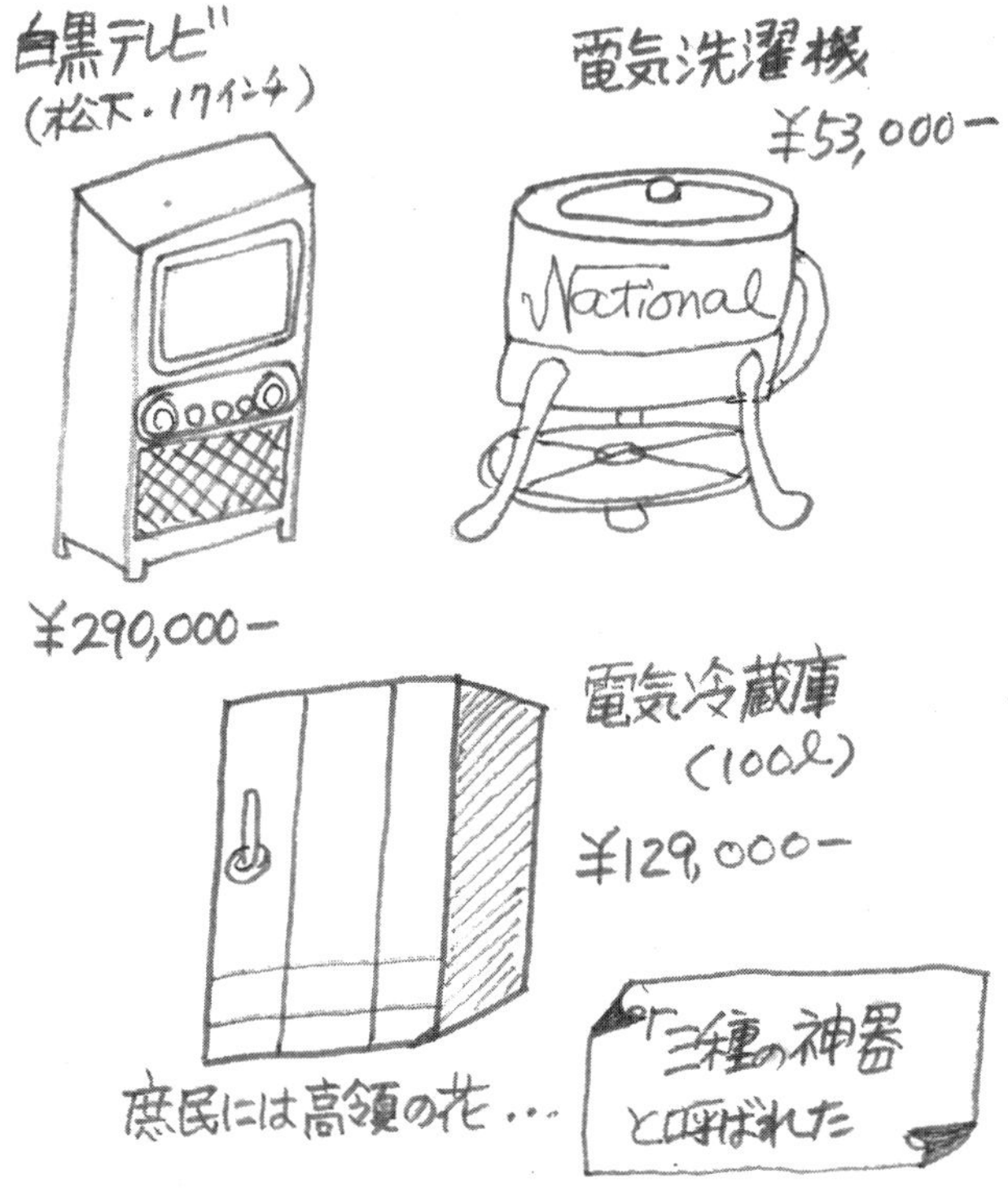

- DH、ロレンス「チャタレイ夫人の恋人」→芸術かワイセツか論争.
  訳者、伊藤 整と小山書店に罰金刑
- 山本富士子 ミス日本
- 金閣寺焼失 (7、2) →徒弟の大谷大学生放火.
  金閣寺と心中の覚悟.
  母親が自殺.
- 後楽園で初ナイター

朝鮮戦争――アメリカ軍と、北朝鮮・中国義勇軍との戦いは、アメリカと共産主義の戦いでもあった。

アメリカ軍に提供するための武器製造によって、日本は未曾有の好景気となり、それが戦後の高度成長にもつながっていく。つまり、日本は朝鮮戦争のおかげで、めざましい復興を果たしたことになる。

思い返せば、私の受けた小・中・高校の社会科や歴史の授業では「日本の戦後の復興は、勤勉で努力家の日本人のなせるわざ」と教わった。なんのことはない、その実態は「アメリカ軍から頼まれて、朝鮮戦争に必要な武器をせっせと作っていたから」だったのではないか。

欺瞞に満ちた戦争教育とは裏腹に、アメリカの傘の下に入れられてしまうことが許せない、父のような純粋な若者たち、労働者たち、共産主義者たちがいた。

一九五二年（昭和二十七年）五月一日に起こった「血のメーデー」は、起こるべくして起こされた事件だったと言ってもいいだろう。

ここからは再び、父の漫画と文章で、当時の闘いの様子をご覧ください。

・仲間と参加した
27年5月1日メーデーは流血の大乱闘となった。(対日講和、安保条約発効 3日目)

・戦後のメーデーは、皇居前広場で行われていた。ところが
27年は神宮外苑に会場が変更された。この日は54単産
40万人(警視庁調べでは15万人)が集った。例年通り
壇上での演説、決議文とすすんで、街頭行進となった。
その時、全学連、東京土建、朝鮮人学生らが赤旗を
ふってアジを始めた。「実力で人民広場へ!」
「皇居前を奪還せよ!」と。

・会場は騒然となった。予定を切りあげて、5方面へ分れてのデモ行進となった。私たちは、日比谷公園で解散予定の中部デモ隊へ参加した。赤坂見付近から蛇行し始め、派出所や自民党本部へ投石、警官隊との小ぜり合いとなった。

日比谷のお堀端、和田倉門、馬場先門と通り、全学連約2,000人と呼応する様に、祝田橋口から皇居前広場へ入った。

・私たちも加わった約7,000人のデモ隊が、二重橋前を警護していた約3,000人の警官隊と対峙した。

そして、3時半頃から、血みどろの大乱闘が始った。学生たちが蹴散らされ、後ろにいた私たちが前列へ押し出され、乱闘に巻きこまれてしまった。

・投石、プラカード、竹槍をふりかざしてデモ隊。
棍棒、催涙弾、ピストル発射してデモ隊へ襲いかかる
警官隊

「この野郎、やっちまえ！」と遂には、ピストルの
水平撃ちする警官。たちまちデモ隊に死傷者続出。
後史に残る「血のメーデー」となった。

［デモ隊 死者 2名（ピストルで撃たれた）
重傷者51名（負傷1,500人）
警官重傷 79名（〃 800人）］

・戦場さながらの凄惨な
様相となった。私たちと
一緒に行った職場の仲間も
警棒で殴られ流血の
怪我をした。

デモ隊は、ちりぢりとなり、私たちも這々の体で、日比谷周辺の街路へ逃げた。

途中、お堀端に止めてあった外国人の乗用車を、次々と転覆させ放火炎上させた
周辺は煙と焔で騒然となった。

ガソリンが
洩れたのに
マッチを
投げる。

のちに、この事件は、騒乱罪が適用、1000人以上が逮捕、261人が起訴された。

デモ隊
警官隊

石垣から濠の中へ押し出され、カメラマンの外国人も濠へ投げ込まれていった。

・今一つ特筆すべき事件としては、これにも駆り出されてデモ参加した、27年5月30日事件がある。所謂、板橋区内、岩之坂交番事件。

この夜、300人が板橋での「共産党非合法化反対集会」をしたあと無届けデモに移った。待機していた警官へ、突然、群衆に紛れ込んだ先鋭分子(※)が、交番へ火炎ビン、硫酸ビンを投げ込み、警官は発砲した。

(死者3名、重傷2名、36名検挙)

(※この時、交番への火炎ビン投げ入れたのは、実は公安刑事たちであったといわれている。)

・7月「破防法」成立。デモは全く姿を消し「アカ追放」の嵐が全国を吹き荒れた。

早大、東大で学生と警官隊衝突

警官たちは、大学生に反感をもって望んでいた。

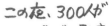

二〇二三年の秋、私は日本に帰国し、この事件の起こった皇居前広場を訪ねている。これはまったく偶然のことだった。少年Gの希望によって国立劇場で文楽を観たあと、ついでにどこかで散歩でもしようかということになり、近くにある皇居前広場まで足を伸ばしたのだった。

うららかな秋晴れの午後だった。週末の散策を楽しんでいる家族連れ、デートをしている若者たち、そして、新型コロナウィルスによる厳しい入国制限も解除されたせいか、あたりには、外国人観光客の姿もあった。

華美な装飾や園芸の施されていない芝生の庭を巡りながら、整備の行き届いた道を歩いている途中で、少年Gが言った。

「そういえばここで、血気盛んだったお父さんが大暴れしたんだよねー」

「大暴れ？」

すぐには思い出せなかった。

「ほら、スケッチブックに描かれていたじゃない？　デモ中に、警察隊と衝突して銃で撃たれそうになったり、仕返しに、みんなで車を転覆させたり、車から漏れたガソリンにマッチを投げたりして。すごかったよね、あれは」

思い出した。

サインペンで描かれた父の漫画には、真に迫る臨場感があった。

「あははははは、ほんとにすごかった」

九十代の好々爺になっている父に、過激派だった時代もあったのだ。

時の流れとは、今、私たちが吹かれている秋風のようなもので、あっというまに、どこかからどこかへ、やすやすと人を運んでいくものなんだな。

そんな感慨に私はふけっていた。

スケッチブックを開いてみる。

工場労働者だった父も参加して警察隊と闘った、戦後初のメーデーは「流血の大乱闘となった」と、父は書いている。

毎年、皇居前広場で開催されてきた労働者の祭典、メーデーは、その年、神宮外苑でおこなわれた。去年も、皇居前広場から締め出されていた。そのことに腹を立てた参加者たちが「皇居前を奪還せよ！」と、アジテーションを始めて、デモ隊と化した人々は、皇居前広場を目指して練り歩き始めたのだった。

それにしてもなぜ。

なぜ、父はここまで左派思想にかぶれ、暴力的な闘争にのめり込んでいったのだろうか。

別件にかこつけて電話をかけ、尋ねてみると「そんな大昔のこと、よう覚えとらんわ」と、一笑に付されてしまった。

「あんたの思うように書いといて」と、逆に課題を押し付けられてしまう始末。

それでも簡単にあきらめない娘は、長い手紙を書いて、同じことを尋ねてみた。

返事はまだ届いていない。

これは、私の推察に過ぎないけれど、天皇制崇拝の軍国少年だった父は、敗戦と同時に、民主主義への転向を余儀なくされた。今まで白いと思っていた烏が、本当は黒かったのだと知らされた。それまでの自分の思想や生き方を、まるごと変えなくてはならなかった。そういう経験をした人間は、空っぽになった容れ物を「何か」でいっぱいにしなくては、生きていけなかったのではないか。そしてその何かが左派思想であり「働く者の幸いを」ではなかったか、と、私は自分の思うように書いておきます。

昭和絵日記の第3巻は、このような文章で締めくくられている。

「極左冒険主義に走り出すオルグに嫌気をさしこの年の末に、進学の夢も破れ、岡山へ出戻ることになった。思えば、この3年間は、教科書にない人生の一幕となった！」

教科書にない人生の一幕を閉じた父は、岡山へ戻った。

早稲田大学の受験には失敗したのか、はたまた、デモ活動に溺れて受験そのものをしなかったのか、私には知る術《すべ》もないけれど、娘の私には盛んに「おまえは大学へ行かなくてはならない」と、進学を強くすすめていた。自分の果たせなかった夢を娘に託そうとしたのか、学歴がないことで、くやしい思いをさせられることが多かったせいなのか、おそらくその両方だろう。

東京から岡山へ戻ったことで、父は人生の曲がり角を曲がったのだと思う。

過激分子から小市民へ。

その曲がり角の先には若き母がいて、交差点で私が生まれるのだと思うと、やはり事実は小説より面白いと、言わざるを得ません。

＊後日談＊二〇二四年二月三日付で、長い手紙への返事が短く届きました。以下、該当部分の全文です。「私の東京てんやわんやの件ですが、今は遠く70年以上前の思い出になりました。若さのなせる行為で、大本営発表で一喜一憂した青春から、学生運動・反戦平和のうねりに、若い私も、左へ右へとゆれたものでした。深い思想的なものはありませんでしたが、やはり、小林多喜二や毛沢東選集などの影響はうけ、読書会で戦争批判の話きいたりして左へのめり込んだのかもしれませんね。それに、あの血のメーデー事件他の騒然とした東京でしたから、本当にてんやわんやのマンガ人生になってしまいました。無事、岡山へもどれて出直しできたのが正解でした!!　やはり、アメリカ文化にふれて、眼からウロコの落ちる驚きでした。１８０度、変ったものでした!!　映画やマンガ本でみたアメリカにどれだけ驚いたことか!　マンガ人生の始りになりましたね」

第五夜　こけし人形と白い橋

どんな思いを抱いて写真を
これらの写真を父は
整理したのだろう
わたしのいないあいだに
数多くのアルバムの中から
捨てる必要に迫られた写真を
注意深く選び出しながら
どんな思いを抱いて父は
アルバムを作り直したのか

新しく作り直されたアルバムの中に
ぽっかりと空いた欠落の穴と
穴のまわりに貼り付いている
拭い取れない足跡のような
残された写真たちと

きっと夏の暑い日だったのだろう
父が作り直したアルバムの中には
かすかに
短い夏の熱気が漂っている

「夏のアルバム」と題されている詩を書いたのは、三十四歳の私だ。今から三十四年ほど前に、私はこの詩をノートに書き付けている。

つい一週間ほど前に、必要に迫られて、クローゼットの整理をしているときに、奥の方に積み重ねられている段ボール箱の中から出てきた一冊のノートブック。表紙には、赤いチューリップと、ブルーのアイリスと、白い野の花の描かれた、大判で、がっちりとした、まるで画集のようにも見えるノート。渡米よりも二年前の一九九〇年（平成二年）の、日記帳というか、雑記帳というか。日々のできごとや詩の草稿や小説のアイディアなどが手書きの文字で連綿と綴られている。こんな詩を書いていたのか、私は。このノートの存在すら、すっかり忘れていた。

ぱらぱらとめくっているうちに、偶然、目に留まった「夏のアルバム」を読んでも、父がいったいどんな写真を整理して、新しいアルバムを作ったのか、すぐには思い出せなかった。私自身がすっかり忘れていることを、この日記帳は、この手書きの文字は憶えているんだなと思うと、文字で紙に書かれる、ということの業《ごう》というか、罪というか、言ってしまえば言葉の亡霊みたいなものが立ち上がってくるようだった。

五分ほど、ぼーっと眺めているうちに、思い出した。

二十代の初めごろ、恋愛にうつつを抜かしていた私は、父を驚かせ、あきれさせ、困らせるようなことをしでかした。

娘の失態を、少なくともアルバムという記憶から消去するために、父は写真を整理したのだろう。おそらくそれは、娘のために。

父は私を思って、私がもう二度と目にしたくない人の写っている写真を一枚、一枚、剝ぎ取って、捨てた。三十四歳のとき、当時、暮らしていた川崎市から、久方ぶりに岡山の実家に帰省したときに、私は父の手で整理されたアルバムを目にして、この詩を書いたのだろう。

親不孝な失態から十年のちに書かれた詩を、それからさらに三十年後に読んだ私は、素直に父に謝罪する。お父ちゃん、あのときには、大変なご迷惑と苦労をおかけしました。

さて、二十代の父は、どんな道を歩いていたのか。

父の昭和絵日記「楽しきかな子育て三昧」を開いてみる。

一九五二年（昭和二十七年）の夏、二十歳だった父は、東京から岡山へ戻ってきて、郵便局の入り口に貼り出されていた「電話交換手募集」という求人広告を目にしている。この年の八月一日、自治庁、法務省、経済審議庁に並んで発足した日本電信電話公社が出した、初めての公募だった。

父は「新卒の女子に混って試験を受けた。60名応募、採用5名の中へ入り、翌年4月1日付の、所謂、『電電公社1年生』として、再出発したものだった」――。

岡山電話局で一ヶ月ほど訓練を受けて、父は備前局に配属され、電話の交換手として働き始めた。

交換手の大半は女性で、備前局においては、父ひとりが男性だった。

27年8月「日本電信電話公社」が発足した。

公募で試験による採用は、初めての試みとか。
新卒の女子に混って試験を受けた。60名応募、
採用 5名の中へ入り、翌年4月1日付の、所謂、
「電電公社 1年生」として、再出発したものだった。

紅一点ならぬ白一点。そのために、かなり珍しがられたようである。しかし、万年交換手で終わった母とは対照的に、父は数年後に早々と、交換手から一般職に移されている。「男尊女卑じゃ」と、母は悔しがっていたものだった。

携帯電話からスマートフォンへ、ズームやスカイプによる通話などが普及し、公衆電話は姿を消し、固定電話を持たない人も少なくないきょうこのごろ「電話交換手っていったい何をする人？」と、首を傾げる人がいても不思議ではない。

つい七十年あまり前には、れっきとした職業として存在していた電話の交換手の仕事を『炎の来歴』（新潮社）からの引用で紹介してみる。この小説のこの場面を書くために、私は何度か父に手紙で取材をしている。そのたびに父は、丁寧に漫画入りの解説を書いて、エアメールでアメリカまで送ってくれた。

電話をかけたい人が電話に付いているハンドルをぐるぐる回すと、発電機によって発生した電流が交換手のもとまで届く。交換手の目の前にある番号表示器の蓋が開いて、パタッと落ちる。気づいた僕はすかさず、プラグ台の左端に付いている「応答プラグ」を、かけてきた人のジャックに差す。かけてきた人と交換機の回線がつながる。

「何番へ？」

と、僕はたずねる。

かけたい人の番号は何番かと訊くのだ。挨拶などはいっさいしない。時間を短縮するためだ。相手が番号を言うと、僕は「接続プラグ」を台から抜き取り、しかるべき番号のジャックに差し込む。これで、電話をかけた人とかけられた人がつながる。まるで神経衰弱みたいだ。つないだあと、送電スイッチを押すのを忘れてはいけない。スイッチを押すと、かけられた人の電話機のベルが鳴る。そういう仕組みになっている。

百個の表示器と、百個のジャックとプラグの位置をある程度、覚えてしまえば、スムーズにできる操作なのかもしれないが、慣れない僕は悪戦苦闘した。勘もなかなか働かない。

「何をやっとるんじゃ、遅いで」

「すみません！」

「ぐずぐずするな、金が高《たこ》うつくじゃろ」

「すみません！」

「誰が払うと思うとるんじゃ」

「はいっ！」

あせればあせるほど、右手と左手がもつれて、蛸みたいになってしまう。あせって椅子から尻を浮かそうものなら、口もとのマイクを飲み込んでしまいそうになる。

「ったく男は使いものにならんな。女の交換手を出せ」

こめかみに冷や汗が滲む。

と、そのとき、横からすぅっと伸びてきた白魚のような指が、正しいジャックを選び出して示してくれる。

「ここじゃ、ほら、ここ。覚えといてね」

母の指が白魚のようだったのか、また、母が優しげに「覚えといてね」などと言ったのかどうか、おそらく優しげには言わなかったと思うけれど、何はともあれ、これが交換手の仕事であり、父と母の輝かしき出会いの場面である。

1954年
浦北の米田久子主任に
一目惚れ(?)する.
後楽園へ誘って
Sketchしたり…
21才
'54.7
日赤病院にて
右眼手術入院
を見舞ったり…
ロダン作の有名な銅像よ
ほほう!
大原美術館で、さかんに
迷解説を試みる。
・デートは、もっぱら
自転車で…
落さないでよ
浦北まで送って行くよ

絵日記に書かれている父の言葉を引用すると、一歳年下で、生まれも育ちも備前の「米田久子主任に一目惚れ（？）する」——。

デートはもっぱら自転車で、父が母をうしろに乗せて家まで送り届けたり、後楽園へ行って、父が母のスケッチをしたり、知り合って一年後に日赤病院で右眼の手術を受けた母を見舞ったりもしている。倉敷にある大原美術館へも行って、西洋絵画に詳しい父が母を相手に「迷解説を試みる」と記されている。

中学校を卒業して、すぐに交換手として働き始めていた母は、あとから入ってきた父の上司だった。

父の話によれば、母は、部下である父の机の引き出しに、しょっちゅう、ラブレターを忍ばせていたという。本当だろうか。あの、毒舌家で気の強い母に、そんな乙女チックなことをする一面があったとは。

「お母ちゃん、ほんと？」

母に尋ねたら、きっと「阿呆！　そんなこと、するわけがねぇじゃろ」と、頭から、角《つの》か湯気を出されそうです。

片や、父曰く「一九五三年の日記帳には、盛んに『米田久子さん』が出てくる。熱烈な恋愛が続いた」とのこと。父の方が熱烈な片思いをしていたのか、とも思ったけれど、違っていた。母は一九五三年（昭和二十八年）に、こんな詩を書いて、父に贈っている。

タイトルは「白い橋」——。

いつも別れるあの橋は
名前も知らない白い橋
小舟の浮かぶ入江見て
ほほえみ交わす白い橋
みじかい橋を歩くとき
別れの時のつらさゆえ
いつもふたりは佇んだ
もすこし長い橋ならば
もっと楽しく話せたに

いつも別れるあの橋は
みじかい橋よ　白い橋

数年前に、父から届いた手紙に書き写されていた「白い橋」を読んで、私は唸った。あの母が、こんなものを書いていたのかと、感心することしきり。なんともせつなく、いじらしく、なんとも初々しい恋人たちではないか。

父の言った通り、ふたりのあいだには、熱烈な恋愛があったのだ。それなのに、自分たちのことを棚に上げて、一時期、恋愛小説を書くのに夢中になっていた私に対して「なぜお前はいつまでも、そんな下らないものばかりを書いているのか」と、父はなぜあんなにも激しく、叱り飛ばしたのだろう。

父は父で、母に、愛の詩を捧げている。

私が日本からアメリカへ引っ越すときにまとめて船便で送った書籍類の一冊『萩原朔太郎詩集』（岩波文庫・昭和二十八年第四刷）の一ページ目――裏には萩原朔太郎の肖像写真が載っている――に、万年筆の手書きで。

父は母に、自作の詩を書き綴ったこの詩集を贈り、母はそれを本棚に収め、私は十代の頃に両親の本棚からこの詩集を抜き取って読んだあと、自分の本棚に収め、以後ずっと、手元に置いておいた、ということだろう。私が萩原朔太郎の熱心な愛読者であった、ということではなく、父の詩が書かれているがゆえに捨てられず、アメリカまで持ってきて、今もまだ所有している、ということだろう。
なんだか他人事のように書いてしまったけれど、実のところ、特にこの詩集を宝物のようにして大事にしてきた、というわけではない。あるときには、どこかへ紛れ込んでしまって、探しても見つけ出せなかったこともある。ページが全部、焦げ茶色になり、ぼろぼろになりながらも、それでもなぜか、今も私の傍らにある。七十年前に書かれた、この詩と共に。

こけし人形に

美しき人を愛する喜び。愛される幸せ。
素直な優しい人に語る喜び。語り合う愉しさ。
ともすれば失わんとする貧しい心に

力強い生命のいぶきを与える人――私はその人を愛する。
清純さと粗ぼくさと　そして優しい微笑を私は愛する。
生活からくる未来への絶望的暗さや頽廃した幻覚を捨て去り
真実、明日を信じ、永遠の生命（芸術）の美しさを
賛えた人――私は、何んと云ってもその人を愛する。
一九五四、一、十三

可憐な恋心のあふれる母の詩に負けずとも劣らず、父の詩は、実に力強い愛と信念に貫かれている。「優しい微笑」をたたえた「優しい人」を「私は愛する」と、若き父は声高らかに歌っている。ふたりは貧しい生活を送りながらも、白い橋の上で、明日への希望を語り合い、芸術を讃え合ったのだろう。


母は幼い頃から読書家で、詩や物語の大好きな文学少女で、学校の教室で先生から「みんなに、創作話をして」と依頼されるほど、文才のあった人だった。

「中学しか出とらんけど、あたしには、読めん漢字はねぇ」

というのは事実その通りで、子ども時代、本を読んでいて、読めない漢字や意

味のわからない言葉があると、私はいつも母に尋ねていた。

母の書いた作品を読んだわけではないものの、きっと、小説もどきのものは書いていたのではないか。

「目さえ悪うならんかったら、あたしは小説家になっとったんよ」

などと、豪語していたこともあった。

父と知り合って一年後に受けた右眼の手術が失敗して、母は後年、視力を失う。母の話は『お母ちゃんの鬼退治』（偕成社）に詳しく書いたので、ここでは省く。

父の詩のタイトル「こけし人形」とは、母のことだろう。愛しさをこめて、父は母を「こけし人形」と表現したのだろう。こけし人形の横には「、、、、」と傍点が添えられている。ふたりだけに通じる言葉だったということなのか。

こけしの細い目と違って、母の目はぱっちりとして愛らしく、目鼻立ちもくっきりとしていて、手前味噌ではあるけれど、母は美人だった。若かりし頃の母の写真を見ると、父が一目惚れしたのもうなずける。

「あんたは、あたしには似んかった。あたしに似とれば、もっと美人になれたのに、残念じゃったなぁ」

思春期にはよく、そんな意地悪を言われて、落ち込んでいたものだった。

絵を描くのが好きで得意で、漫画家になりたかった父。文学を愛し、小説家になりたいと夢見ていた美人の母。子ども時代と青春時代を戦争で塗り潰されてしまったふたり。

そんな両親の大恋愛を想像すると、少しばかり、くすぐったくもなるけれど、それでも私という人間は、ふたりの熱烈な恋愛から生まれてきたのだと思うと、なんとはなしに矜持を持つことができる。

十代の頃から詩を書き始め、やなせたかし先生が編集長を務めていた雑誌『詩とメルヘン』への詩の投稿から書く仕事に入っていった私は、両親から、いろんなものを受け継いでいるのだろう。いろんな、いいもの。その中のひとつが詩だったのだと思う。もしかしたら早熟な恋愛や、いったん好きになったら、脇目も振らず、なりふりかまわず、のめり込んでしまう性格も、そのひとつなのかもしれない。

たとえ「おまえの書く恋愛小説は下らない」と斬り捨てられても、今の私は笑って受け流せる。胸を張って言い返せる。

「だって、私はあなたたちの娘だもの」と。

熱烈な恋愛を経て、一九五五年（昭和三十年）十一月三日、ふたりはめでたく結婚した。このとき、父は二十三歳。母は二十二歳。若いなぁ。

あれ？　計算が合わないいんじゃないの、と、私は初めてこの絵日記を読んだときに気づいて失笑したものだった。

私が生まれたのは、一九五六年（昭和三十一年）三月十七日。

ということは、私はふたりが結婚式を挙げた日にはすでに、母のお腹の中にいたことになる。いっしょに結婚式に出ていたことになる。

「できちゃった婚」なのか「授かり婚」なのか、今ではさほど珍しくはないのだろうけれど、思春期や大学時代に恋愛に夢中になっていた私を「ええ加減にせんか、目を覚ませ」と、厳しく叱っていた両親が、かつて親に隠れて何をしていたのかと思うと、笑えます。

ちなみに「婚前妊娠結婚」は、アメリカでは、妊娠した娘の父親が相手の男性に散弾銃を突き付けて結婚を迫ったことから「ショットガン・ウェディング」と呼ばれているそうです。くわばら、くわばら。

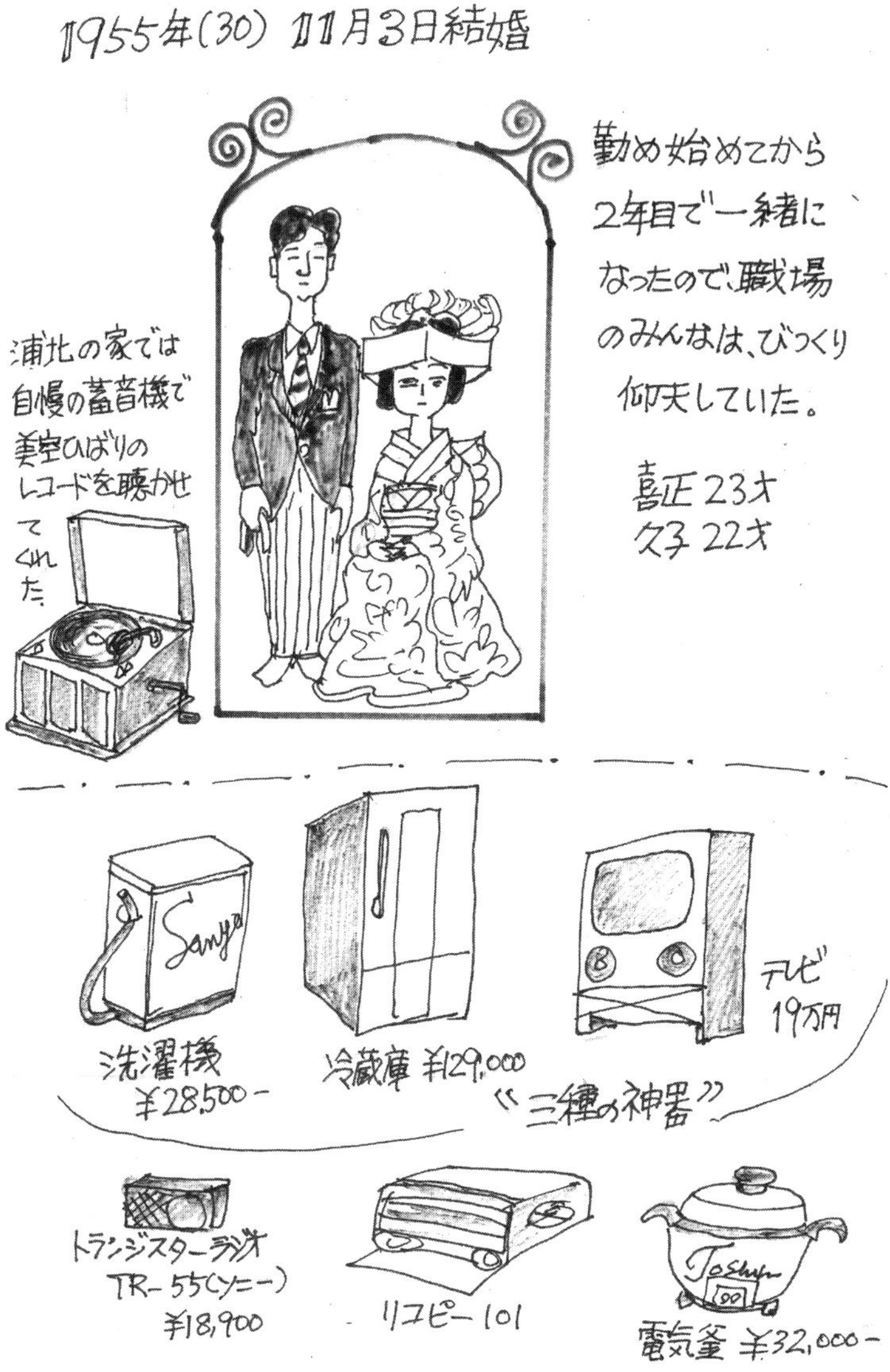
1955年(30) 11月3日結婚
勤め始めてから2年目で一緒になったので、職場のみんなは、びっくり仰天していた。
喜正 23才
久子 22才
浦北の家では自慢の蓄音機で美空ひばりのレコードを聴かせてくれた。
洗濯機 ¥28,500－
冷蔵庫 ¥129,000
テレビ 19万円
"三種の神器"
トランジスターラジオ TR－55(ソニー) ¥18,900
リコピー101
電気釜 ¥32,000－

1956年(31年)

頑張れーッ

・3月17日 午前3時

万代病院 産科にて「かおり」誕生.

髪は黒々として、
舌なめずり(?)してた

予定日を何日か過ぎても、一向に産れる気配がない。取敢ず入院.いわゆる「鉗子分娩」を試みることになった。鋏状の医療器で引っ張るのだと聞かされ不安になる。ともあれ、陣痛誘発剤の注射うち鉗子で引っ張って出産させようという段取り、病院を信用して頑張るしかない。産科の看護婦は、「初産はこんなもんです。まだまだ、少々の陣痛では産れませんよ…」と高をくくっていた。

見舞いに来たイサさんが、満潮は夜中なので、その頃かなと言っていた。

イサさん
湯加減
ええか
毎日
浦北の
米田家で
五衛門風呂へ
入れて帰る

浮んでる底板を踏んで
うまく沈めてから入る。
電灯が薄暗い
のと、薪を燃す
煙が入るので
足元が…

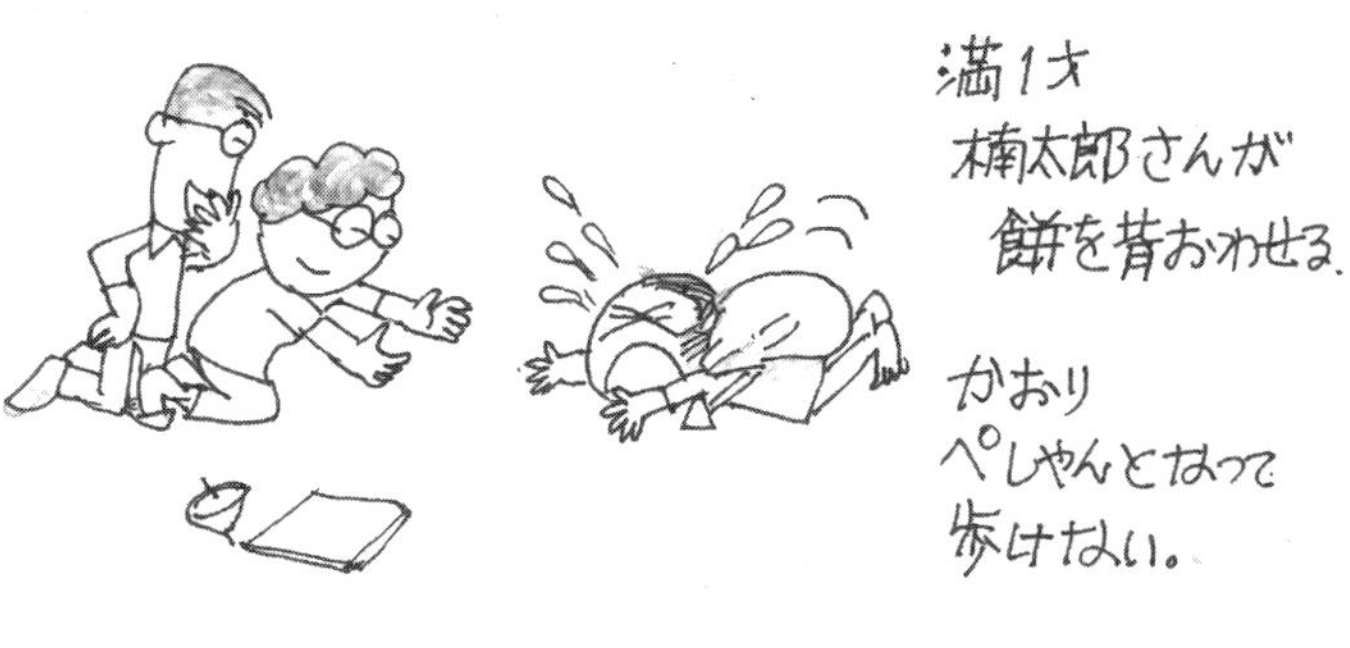
満1才
楠太郎さんが
餅を背おわせる。
かおり
ぺしゃんとなって
歩けない。

母方の祖母イサさんの予想通り、私は三月十七日の午前三時に無事、この世に生まれてくることができた。難産の末に生まれてきた私は、父によると「髪は黒々として、舌なめずり（?）してた」という。よほどお腹を空かせていたのだろうか。舌なめずりだなんて。

一九五六年（昭和三十一年）は、どんな年だったのだろう。

国際的な大きなできごととしては、十月に、日ソ国交回復に関する共同宣言に調印がなされて、日本とソビエト連邦（現在のロシア）のあいだに、国交が復活している。

十二月十八日には、国連総会で日本の国連加盟が承認され、二十六日には、ソ連で抑留されていた元日本軍の兵士たち、千二十五人を乗せた船が舞鶴港に入港している。「もはや戦後ではない」という言葉が大流行していたものの、それでもまだ日本のお尻には、敗戦という卵の殻がくっついていたのではないだろうか。

日本社会の動きとして、個人的に興味深いと思ったできごとは、五月二十四日に売春防止法が公布されていること。

さらに興味深いのは、それよりも四ヶ月ほど前の一月十二日に、東京で売春業に就いていた女性たちが東京女子従業員組合連合会を結成し、売春防止法に反対していたという事実。すべて、このエッセイを書くために調べてみて、わかったことだけれど、これには、目から鱗が落ちるような思いを味わった。売春というと、忌むべきこと、良からぬこと、と、つい思ってしまう。けれども、売春を防止されることで、生活が立ち行かなくなる人たちもいたのだろう。死活問題だったのだろう。売春婦もまた従業員であった、ということ。どんなことでも、片面だけに光を当てて見ていたのでは、本質は見えてこない、ということかもしれない。それでも私は売買春の存在しない社会が理想的だと思っている。

話が横道に逸れてしまいました。

私が生まれた三月には、日本住宅公団が入居者募集を開始したり、学校給食法が改正されたりしている。

三月二十三日には「ザ＝ファミリー＝オブ＝マン写真展」なる催し物を、昭和天皇が見学に訪れたところ、長崎で被爆した人々や被爆の様子を撮影した写真にカーテンが掛けられており、そのことに対する批判が広がったという。いったいなんのために、誰がカーテンを掛けたのだろうか。

翌月の四月には、原子力委員会が、茨城県東海村を、原子力研究所用地として選定している。

九月には、お年玉付き年賀はがきの付加金で建設されたという、広島原爆病院が開院している。

えっ、そんなに遅く開院したの？　と虚を衝《つ》かれた。

繰り返しになるけれど「もはや戦後ではない」――私の生まれた年にはまだ、戦争は日本社会にくっきりと影を落としていたのではないか。そのように思えてならない。

父の絵日記には、この年の印象的なできごととして「石原慎太郎『太陽の季節』芥川賞受賞」が挙げられている。石原慎太郎の似顔絵付きで。

「太陽族ブーム」「ながら族」「カミナリ族」「みゆき族」

「エレキ族」そして「団地族」と族ばかり。

「もはや戦後ではない」→神武景気くる。

田園スケッチ

牛で水田耕し
代かきする

田植えは
腰が痛く
なる。

石原慎太郎「太陽の季節」芥川賞受賞

「英子がこちらを向いた気配に、彼は勃起した陰茎を外から障子に突き立てた。障子は乾いた音をたてて破れた。それを見た英子は読んでいた本を力一杯障子にぶつけた。」

このショッキングな表現に芥川賞詮衡委員は賛否大激論したとか。

「太陽族ブーム」「ながら族」「カミナリ族」「みゆき族」
「エレキ族」そして「団地族」と族ばやり。

・「もはや戦後ではない」→神武景気くる。

私から少し付け加えさせてもらうと、私が生まれた年には、三島由紀夫が『金閣寺』を、五味川純平が『人間の条件』を、谷崎潤一郎が『鍵』を、原田康子が『挽歌』を発表している。

中学生になった頃、私は両親の本棚に並んでいたこれらの本を貪り読んだものだった。『太陽の季節』も読んだはずだけれど、残念ながら、まったく何も覚えていない。障子が音を立てて破れるほどの物を突き立てる男も男なら、それに向かって本を投げ付ける女も女だと思う。これは批判しているのではなくて、白旗である。おそらくこの作品によって、それまでの日本文学の障子が破れた、ということだろう。

ながら族は、ラジオの深夜放送を聴きながら勉強する学生たちのこと。実は私も高校時代から、ながら族になって受験勉強に励んでいた。

カミナリ族とは暴走族のこと。

みゆき族とは、銀座のみゆき通りに出没した、頭にハンカチ＋ロングスカート＋濃い色のストッキング＋腰から垂らしたリボンなど、独特なファッションに身を包んだ女性たちを指している。後年、原宿に出現した竹の子族の、親戚のおねえさんみたいなものだろうか。

ここからは、若きふたりの子育てについて。

育児を妻任せにしないで、積極的に子育てに励もうとする夫を、昨今の日本では「イクメン」と呼んでいるらしい。父は元祖イクメンであった。

父の漫画には、赤ん坊だった私の乗っている乳母車を押しながら、当時、通勤していた電話局へ向かっている父の姿がユーモラスに描かれている。

「朝・夕、田圃の中のデコボコ道を乳母車で通う」――石ころに車輪を取られて、乳母車の中から外へ、飛び出している赤ん坊。「ウワーッ」と声を上げながら飛び上がって、赤ん坊を受け止めようとしている父。

父はまず、私を母の実家（農業と養鶏場を営んでいた）に預けて、それから、仕事場へと向かった。

これだけなら、まあ、誰にでもできることだろう。

しかし、このあとがすごい。

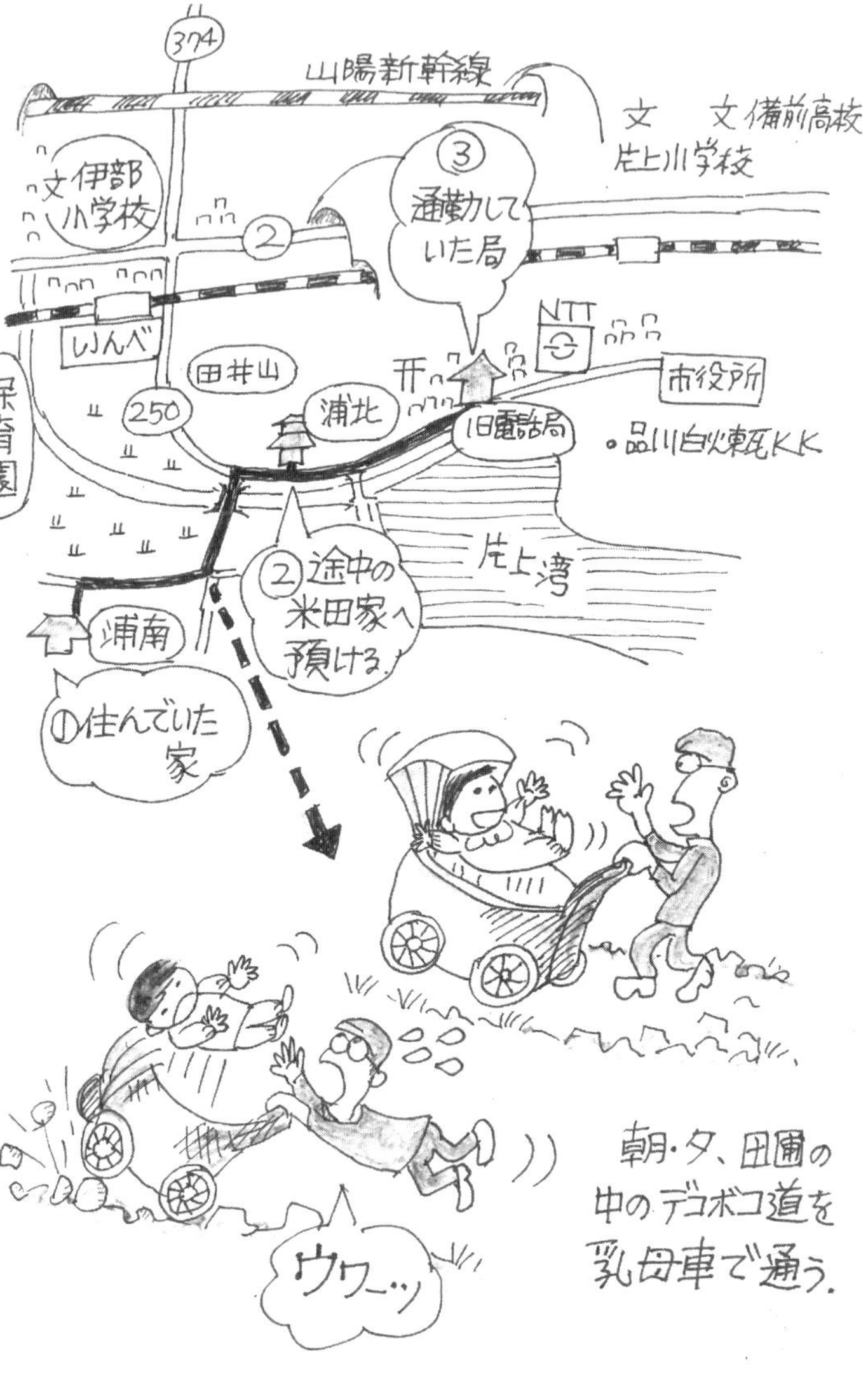
374
山陽新幹線
文 文備前高校
片上小学校
文伊部小学校
②
③ 通勤していた局
NTT
いんべ
田井山
保育園
250
浦北
市役所
旧電話局
品川白煉瓦K.K
片上湾
② 途中の米田家へ預ける。
浦南
① 住んでいた家
朝・夕、田圃の中のデコボコ道を乳母車で通う。
ウワーッ

同じ職場で働いている母の休憩時間に、母が私に授乳できるようにと、父は祖父母の家へすっ飛んでいき、乳母車に私を乗せて、職場まで連れてくる。私は母からお乳をもらう。満腹になった私を再び母の実家まで送り届ける。なんという離れ業。

「共働き2人は、まさに八面六臂の毎日となる。宿直・宿直明けの日などあり綱渡りの様な子育てとなっていた」――。

八面六臂《ろっぴ》とは、八つの顔と六本の腕。つまり、ひとりで何人分もの仕事をすること。

宿直というのはいわゆる夜勤のことで、宿直の日は、夕方から出勤して、夜を徹して電話の交換手として働き、明け方、赤い目になって帰宅するわけである。

確かに、こんなシフトで働くふたりの子育てには、腕が何本あっても、足りなかったに違いありません。

私はただただ、感謝するしかない。「お父ちゃん、お母ちゃん、ありがとうございました。よく育てていただきました」と、小学生の作文みたいに、書いておくしかありません。

毎日、浦北のイサさんへ預けて出勤…

近所の雑貨店へ連れて出て、駄菓子を買ってる
スキに、局へ出かけていた….これは可愛いそうだった!

講談社の絵本の
名作物語りを
イサさんに読んで
もらう

あの頃は、いい本が
読めて、楽しかった!
と後年、イサさんも
目を細めていた。

「アッ、とばして読んだッ」
「なんだ、まだ寝てないの?」

絵本をすっかり諳んじていて、とばし読みすると、
すぐ わかってしまう。一冊読み終えると安心して
寝るという具合いだった。

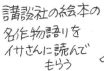

楠太郎さん
イサさん
唐箕（とうみ）
餅つき 12/28
29日は
苦餅ちといって
つかない。

少し成長したあと、祖父母の家を「卒業」して、私は保育園に行くようになった。保育園への送り迎えも父の「業務」となった。自転車操業、ならぬ、自転車イクメン。

保育園では、5時まで延長してもらい、1人で残っていたので迎えにいくと途端にベソかいて飛んで出てきていた。

淋しかったのだろうきっと!!

ヤマハ音楽教室へ、自転車に乗せて通う。お父さんも一緒にどうぞというので、初めのうちは「ドミソ」「ドファラ」と和音の聴きとりやっていたが、すぐに置いていかれ、子供の音感が、いかに優れているか思い知らされた。

ヤマハ音楽教室を卒業した私は、中学生になった頃から、ピアノ教室へ通わせてもらっていた。ピアノも買ってもらった。けれども私は、ピアノを好きにはなれなかった。音楽の才能はゼロだった。高校時代は月謝を自分のお小遣いにしてしまい、教室はサボっていた。悪い子でした。反省しています。

保育園では、5時まで延長してもらい、1人で残っていたので迎えにいくと途端にベソかいて飛んで出てきていた。

淋しかったのだろう きっと!!

ヤマハ音楽教室へ自転車に乗せて通う。お父さんも一緒にどうぞというので、初めのうちは「ドミソ」「ドファラ」と和音の聴きとりやっていたが、すぐに置いていかれ、子供の音感がいかに優れているか思い知らされた。

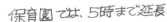

私は、イクメンの父と、今で言うキャリアウーマンの母に育てられたおかげで、早い段階から、男も女と同じように家事や育児をしなくてはならない、という考え方を自然に持つことができた。言ってしまえば、子どもの頃から、男女平等の思想を心に根づかせることができた。

今は男女平等など当たり前で、こんな思想は珍しくもなんともないのだろうけれど、当時はまだまだ珍しかった。

男は外で働き、女は結婚したら家の中で家庭のことを優先させながら、子を産み育て、陰で夫を支えながら生きていく。これが幸せな結婚であり、理想的な夫婦像である。というような考え方が、昭和時代には大手を振って歩いていた。「女は家庭に入るのが幸せ」と、まことしやかに囁かれていた。家庭を作るのではなくて、家庭に入るのだと。結婚しない女性は「行き遅れ」であり「売れ残り」だった。これは、嘘みたいな本当の話。二十五歳で結婚できなかったら、女性は売れ残りのクリスマスケーキだったのだ。

私は日本で、女性にとって非常に閉塞的な時代に、思春期、青春期、恋愛期、結婚適齢期を送った。結婚適齢期なんて、いったいどこの誰が考え出したのか、知る術もないことだけれど、女性は二十代前半に結婚するのが当たり前だった。私もこれにはかなり苦しめられた。相手もいないのに、結婚しなくてはならないのか、と追い詰められていた時期もあった。

けれども、両親のおかげで、たとえ結婚をしたとしても「家庭に入る」という選択肢を思い浮かべないで済んだ。常に、あるいは一生、社会に出て働くということを軸にして、自分の人生を創造することができた。

思い返してみれば、私は、父からも母からも「おまえは女なんだから、こうしなくてはならない」と言われたことがない。本当に一度もない。

たとえば、女だから家事をしなくてはならない、とか、料理が上手にできるようにならなくてはならない、とか、早くいい人を見つけて結婚しなさい、とか、さらに言ってしまえば、私は両親から、ただの一度も「なぜ、子どもを作らないのか」と言われた覚えがない。まわりから、うるさいくらいに「子どもって可愛いよ、なぜ産まないの」と、産め産めコールを浴びせられていた三十代にも、両親は黙って、私のしたいようにさせてくれていた。

その代わりにいつも、耳に胼胝《たこ》ができるほど言われていたのは「勉強しなさい」

「大学へ行かなくてはならない」「家事なんかしなくていいから、勉強しろ」「遊んでいる暇があったら本を読め」「どうせするなら国際結婚がいい」――。

良い成績を取ってきても「まだまだやれる」「もっとがんばれ」と、しつこく言われ続けてきた。子ども時代には、それがいやだった。激励されているというよりは、叱られていると思っていた。けれども、結果的には、言われ続けて正解だった。

もっともっと、と言われたから、私はなんとかして両親を見返したくて、猛烈にがんばる子になった。

それで良かったと思っている。

父のあの厳しい教育がなかったら、私は甘える子、楽な道を選ぼうとする大人になっていたかもしれない。

倒れても草をつかんで起き上がる根性。叩かれてもあきらめず、しぶとく食い下がっていく根性。そういった根性を持つことができたからこそ、自分のなりたいものになれたのだと思っている。両親が八面六臂で育ててくれた根性が、今の私を支えてくれている。

楠太郎さんが大八車で
「風呂」を運んでくれた.
いい
木の香り
がする
ご馳走の
カシワを食べさすから
ウワーッ
あの鶏を
食べるのか!

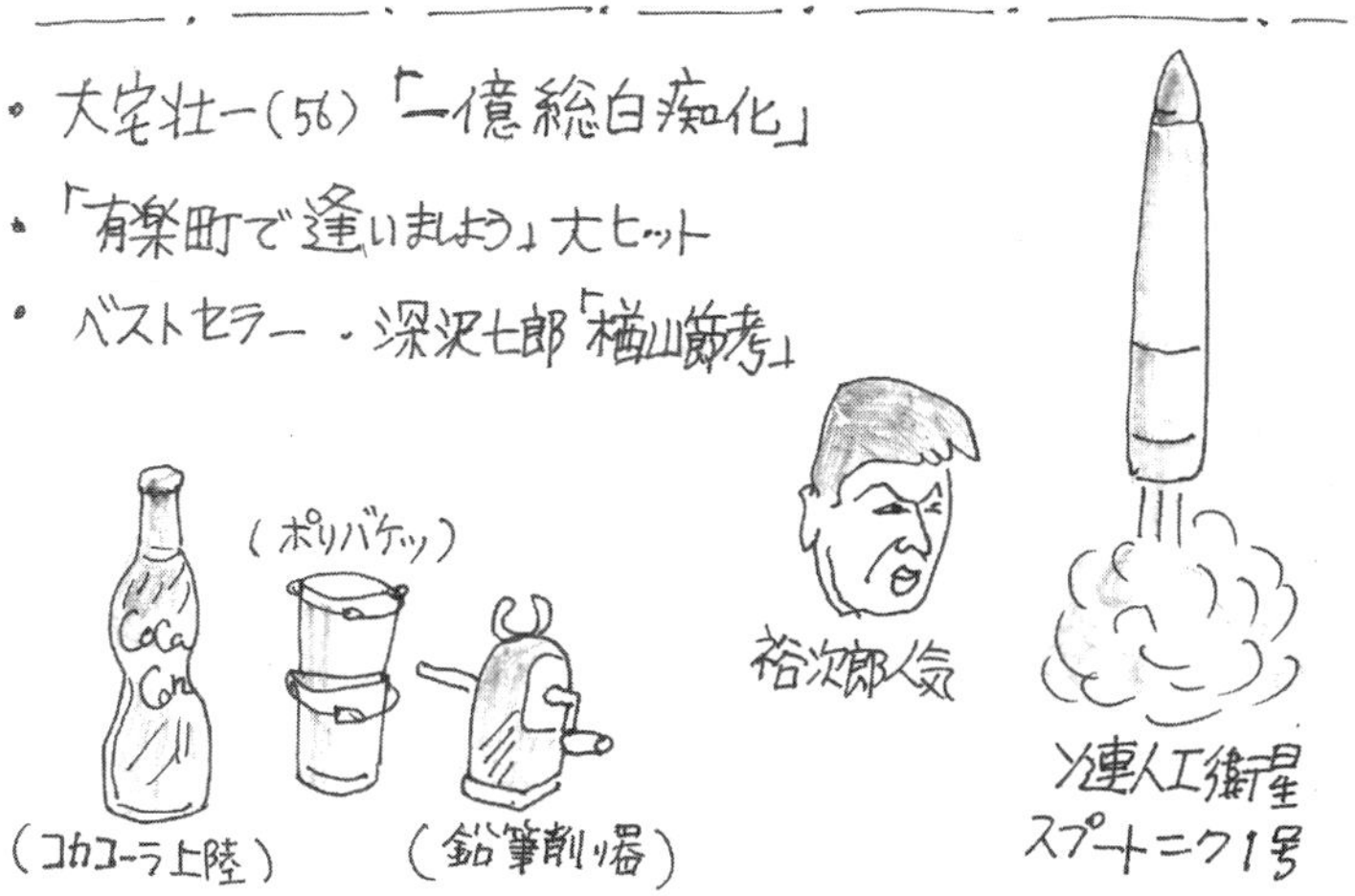
・大宅壮一(56)「一億総白痴化」
・「有楽町で逢いましょう」大ヒット
・ベストセラー・深沢七郎「楢山節考」
(ポリバケツ)
Coca Cola
(コカコーラ上陸)
(鉛筆削り器)
裕次郎人気
ソ連人工衛星
スプートニク1号

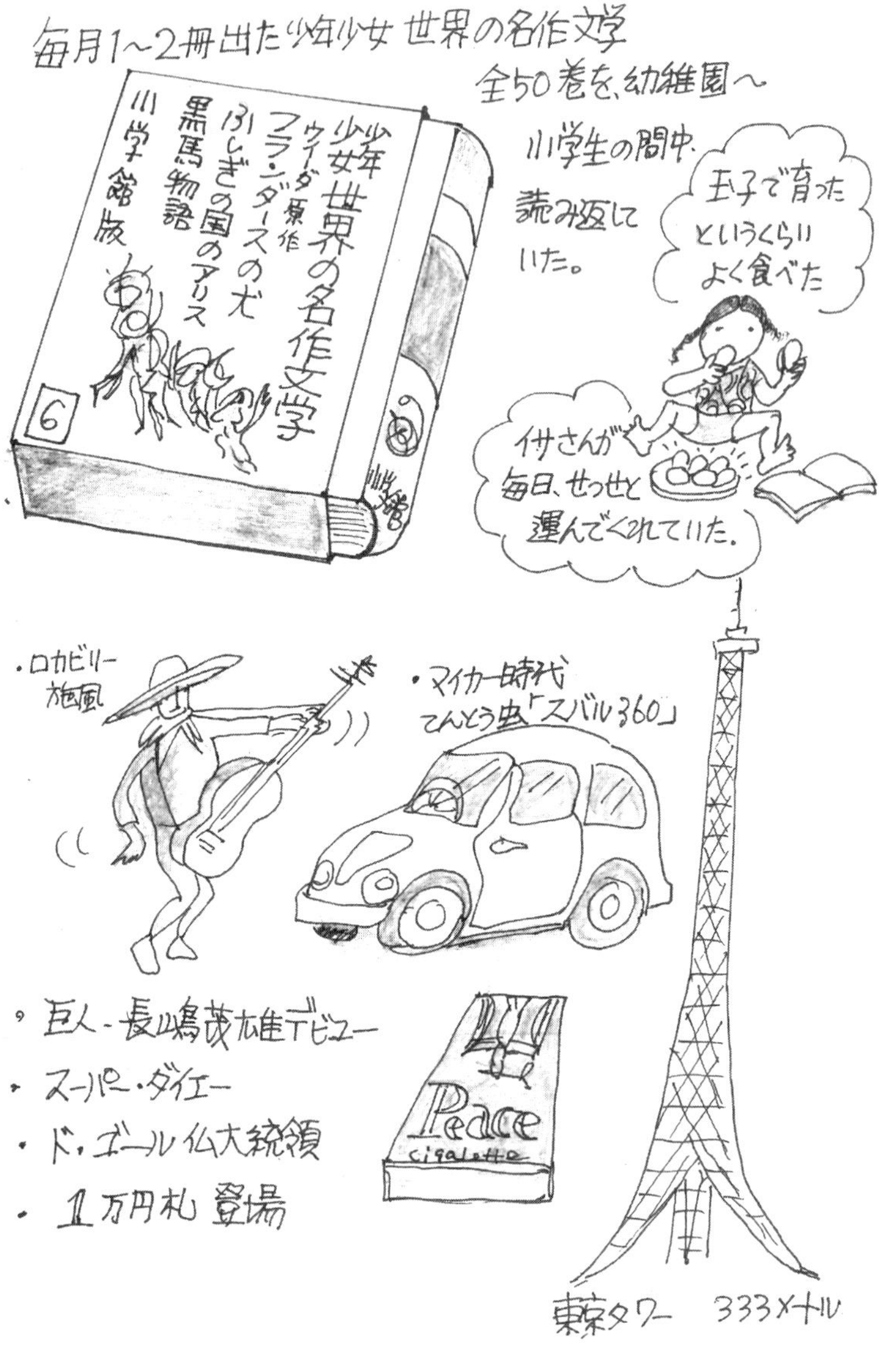
毎月1〜2冊出た少年少女 世界の名作文学
全50巻を、幼稚園〜
小学生の間中
読み返していた。
少年少女世界の名作文学
ウィーダ原作
フランダースの犬
ふしぎの国のアリス
黒馬物語
小学館版
6
玉子で育った
というくらい
よく食べた
イサさんが
毎日、せっせと
運んでくれていた。
・ロカビリー
旋風
・マイカー時代
てんとう虫「スバル360」
・巨人・長嶋茂雄デビュー
・スーパー・ダイエー
・ド・ゴール仏大統領
・1万円札 登場
Peace
cigarette
東京タワー 333メートル

1959年（34年）

毎月出版される講談社の絵本が
こんなに!!

フラ・フープ流行

牛乳は毎朝1本

1960年（35年）

・日米安保改定条約調印→各地で「アンポハンタイ」
騒然．6月15日「国会内で学生死亡」
（東大生・樺 美智子さん）

ダッコちゃん流行

・松本清張「日本の黒い霧」

・「アカシアの雨が止むとき」西田佐知子

・浅沼稲次郎委員長が右翼少年に刺殺される

・米大統領ケネディ誕生

1961年(36年)

ヤマハ・オルガン教室で勉強

(電子オルガン購入)

・美智子さんも実の娘の
ように可愛がってくれた。
とにかく、ずいぶんお世話になった。

・「地球は青かった。」人類初の宇宙飛行士ガガーリン少佐
(1時間48分)

・ベストセラーズ「英語に強くなる本」岩田一男・光文社
カッパ・ブックス

・「トリスを飲んでハワイへ行こう」名コピーで評判
山口瞳、開高健、柳原良平、坂根進

・「上を向いて歩こう」永六輔、中村八大、坂本九

当時、"ウヘをムウいて歩コホホウ…なんて!
坂本九の唄い方に、がっかりだと、
永六輔が怒っていたのが印象
に残っている。

1960年（35年）
日米安保改定条約調印→各地で「アンポハンタイ」騒然、6月15日「国会内で学生死亡」（東大生・樺美智子さん）
ダッコちゃん流行
松本清張「日本の黒い霧」「アカシアの雨が止むとき」西田佐知子
浅沼稲次郎委員長が右翼少年に刺殺される
米大統領ケネディ誕生

ケネディ大統領はこの年から三年後に、遊説に訪れたダラスで暗殺されている。両親がなけなしの貯金をはたいて買ったモノクロのテレビ。洗濯機、冷蔵庫と並んで、テレビは家庭内の「三種の神器」のひとつだった。テレビがうちにやってきた日は、ケネディ大統領の葬儀のおこなわれた日だった。

今でも鮮明に、その場面を思い浮かべることができる。葬儀の映像はモノクロだったものの、私の記憶はカラーでよみがえってくる。まだテレビを持っていなかった隣近所の家の子どもたちがうちに集まってきて、みんなでいっしょに見た。私が生まれて初めてテレビで見た映像は、あの、星条旗で包まれた大統領の棺だった。そのそばで敬礼をしている幼い息子の姿。

これがアメリカなのか、アメリカってこういう国なのか、でもいったいアメリカで何が起こったんだろう。大統領が射殺されるなんて、なんて怖い国。いったいなぜ。

このとき私は七歳（ハワイの少年Gは一歳）——。

少女の脳裏に強く焼き付いた星条旗の国で、約六十年後に、私はこの文章を書いている。アメリカとの縁もまた、両親が結んでくれたのかもしれない。

アメリカから、白い橋とこけし人形に「ありがとう」を贈ります。

第六夜　父と娘の昭和草紙——愛の重さ

１９６２年（37年）
５月21日　セ３・30　町立備前病院で生れる。
寅年の５月生れ、鯉の滝のぼりに肖り「登」と名付ける。

セ３・30というのは、どういう意味なのだろう。

父の昭和絵日記「楽しきかな子育て三昧　１９５３〜１９６３」の最後のページには、ベッドの中で、生まれたばかりの弟に添い寝をしている母と、そばに立っている父と私の姿が描かれていて、私の台詞は「やあ！」である。

やあ、初めまして。こんにちは、赤ちゃん。

その下には、赤ん坊の弟を大事そうに膝の上で抱えている私の絵があって、キャプションは「すっかり、お姉さんになりました」——。

ページをめくると「１９６３年（38年）いつもお姉ちゃんと一緒…」——ぶらんこに乗っている弟と押している私、三輪車にまたがっている弟をうしろで支えている私、このほかに、母と私と弟が寄り添って立っている姿も描かれていて、私の両手は背後から弟の肩に置かれている。

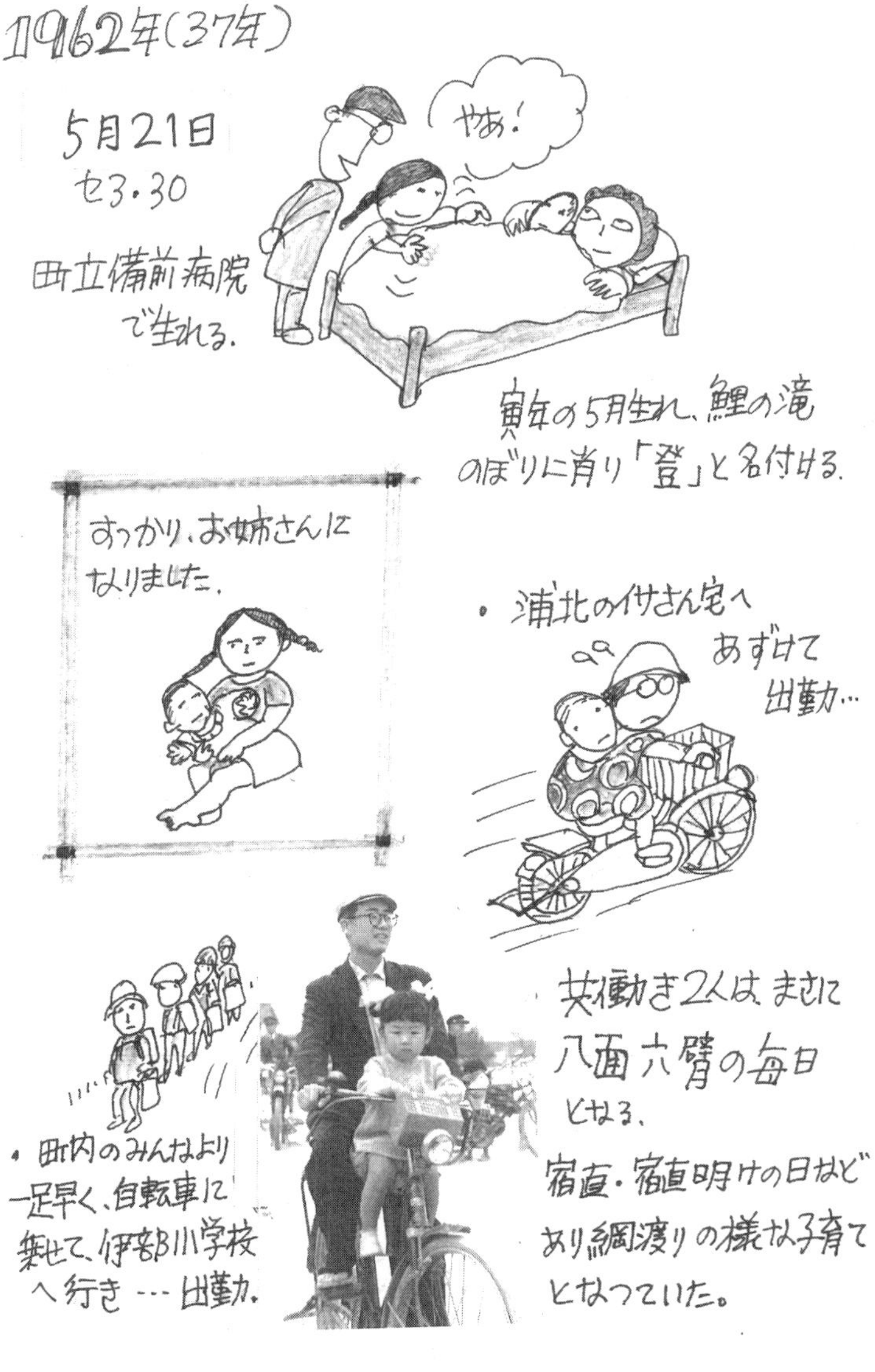
1962年（37年）
5月21日
セ3・30
やぁ！
町立備前病院で生れる。
寅年の5月生れ、鯉の滝のぼりに肖り「登」と名付ける。
すっかり、お姉さんになりました。
・浦北のイサさん宅へあずけて出勤…
共働き2人は、まさに八面六臂の毎日となる。
宿直・宿直明けの日などあり綱渡りの様な子育てとなっていた。
・町内のみんなより一足早く、自転車に乗せて、伊部小学校へ行き…出勤。

1963年（38年） いつも
お姉ちゃんと一緒…

41.4.
今日から5年生！

・日米間初の宇宙中継テレビで、
ケネディ大統領暗殺の訃報

ラーメン	70円
駅弁	150円
江戸前寿司	180円
納豆	15円
牛肉100g	80円
ナイロンストッキング	90円
映画入場料	350円
新聞月額	390円
週刊誌	50円

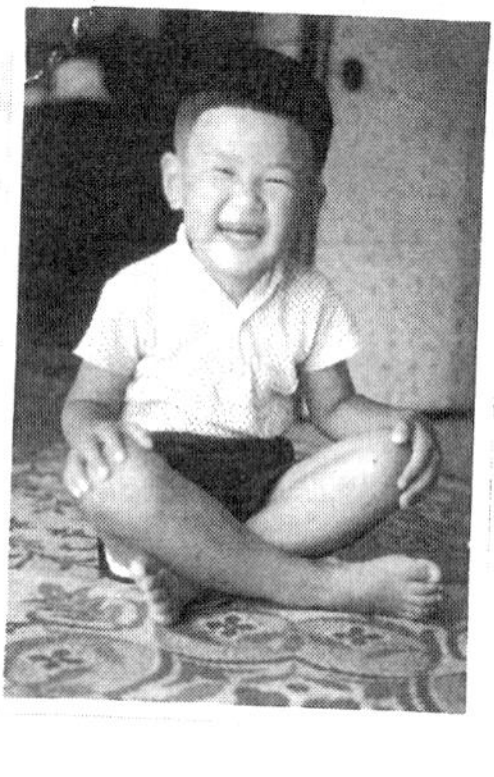

父の目に映っていた私と弟は、とても仲の良い姉と弟だったのだということがよくわかる。あるいは、六歳下の弟をたいそう可愛がっている姉。

その下には「日米間初の宇宙中継テレビで、ケネディ大統領暗殺の訃報」——そして、その下には、当時の物や食べ物の値段が列挙されている。

このページの左側は白紙。

父の絵日記は、ここでふっつりと終わっている。

ちょっと拍子抜けするような終わり方である。

最終巻にふさわしいまとめもないし、感慨深い言葉も絵もない。「タクシー初乗り100円」で終わってしまうとは、いかがなものだろう。

いつだったか、日本へかけた電話で、何かのついでに、

「あの続きは、もうないの？　登くんが生まれたあとは」

と、尋ねた私に、父から返ってきた答えは、こうだった。

「あのあとは、あんた自身がよう知っとるはずじゃ。描かんでも、あんたが全部、覚えとるじゃろう」

言われてみれば、まあ、その通りかもしれないな、と、そのときは思った。

一九六三年（昭和三十八年）といえば、私は小学生で、小学生からあとのことは、父に語ってもらわなくても、私には私の昭和絵日記が記憶として存在しているわけだから。

けれども実はこの続きは存在していた。スケッチブックの原版には、続きが描かれていたのである。

『川滝少年のスケッチブック』が出版されるまで、講談社さんに預けてあった六冊のスケッチブック（四冊はマンガ自分史、二冊はアメリカ旅行記）を平凡社さんへ送っていただき、目を通してもらったところ、こんな違いがあった。

原版では「タクシー初乗り100円」はなぜかカットされていて「週刊誌50円」で終了、代わりに弟の写真が貼り付けられている。

この写真の弟の笑顔が、なんとも言えずいい味を出している。最初にぱっと見たときの印象は「なんて可愛いの！」だった。今はすでに六十代になっている弟にも、こんな時代があったのだ。私が小学校の帰りに保育園に迎えに行っていたのは、この弟でした。可愛かったなぁ。

そして、ぶらんこに乗っている弟と押している私の絵も消えていて、そこには、きょうから小学五年生になる私の写真が貼り付けられている。制服制帽、ランドセルを背負った私は直立不動で、緊張したまなざし。

その次のページからは、幼い頃の弟の昆虫採集の様子などを描いた絵、私の中学時代、高校時代、大学時代、弟の高校時代が続き、なんと、私が大学卒業後、就職した会社のオフィス内の、社員のデスクの配置図まで描かれているではないか。

そのあとには、写真のコピーが多数、貼り付けられていて、最後の方にはおまけのようにして、母の子ども時代の絵日記まで添えられている。

ということは、父は私にスケッチブックのコピーを送ったあと、その続きを描いていたことになる。

「続きはない」と言っておきながら！

それとも、私に「続きはないのか」と言われて、気を良くして続きを描き、でも、私にコピーを送るのを忘れていた、ということなのだろうか。

真偽のほどは定かではないものの、おそらく何十年ぶりかで、父の昭和絵日記を最後の最後まで読むことができて、私は私の生きてきた昭和を堪能させてもらった。

・近くの用水路で
アメリカ蝲《ざり》蛄《がに》を‥
ヒャーッ
バケツいっぱい
採ってきたの！
・吉備津彦神社の境内で
ハンミョウや
蝉を
獲ってくる.
大蝉
庭へ放したセミが
毎年ふえて大合唱
し出す.
甲蟲や
鍬形を
たくさん飼う
毎年
誕生日祝に、かおりから
「学習図鑑（小学館）」を
贈ってもらう.
（1966〜 1970）

ただ、ひとつだけ付け加えておくと、弟が誕生するよりも数年前に我が家に起こったあるできごとを、父はすっぽりと抜かしている。

これはもう、意図的に抜かした、としか思えない。

私が三つだったとき、母は女の子を出産し、その子は医療過誤によって病院で亡くなった。名前は由美。こんな大きなできごとを、父は絵日記に描いていない。描きたくも、書きたくもなかった、ということなのだろうか。思い出したくもない悲しいできごと。私も、この妹のことを、ふたりから詳しく聞かされたことはなく、語ってくれたのは叔母だった。

なぜ病院内で亡くなってしまったのか、その事情を叔母からくわしく聞かされたとき、中学生だった私は、少なからず衝撃を受けた。予定日よりもかなり早く、医師不在の真夜中に生まれた赤ん坊は、当直の看護婦（当時の呼称）の不手際によって、肺炎にかかって死んでしまったという。

私はこのできごとを「八月二十日の父」という題名の詩に書いて、中学校の文芸クラブの顧問の先生に提出し、先生は作文コンクールに応募してくださり、入選を果たしている。

残念ながら、私の手元にこの詩は残っていない。しかし、岡山県教職員組合が発行している児童文詩集『おか山っ子』のバックナンバーを探せば、どこかに掲載されているはずだ。赤ん坊の体温をなんとか守ろうとして、父が小さな体を新聞紙で幾重にもくるんだ、というような一節も書かれているはずだ。

私には、書いたという記憶が残っている。

空襲によって焼け焦げた死体の絵を描いた父は、赤ん坊の死を描けなかった。饒舌な母も「由美ちゃん」のことは何も語ってくれなかった。出産するために入院したのに、赤ん坊を連れて家に戻ってくることができなかった母は、さぞつらい思いをしたことだろう。

両親はきっと、妹に注げなかった愛情をすべて、私と弟に注いでくれたのだろう。父の厳しさ、教育熱心さもまた、そのような愛情の裏返しだったのかもしれない。子ども時代にはただただ「厳しく叱られている」としか思えなかったわけだけれど。

一九六七年（昭和四十二年）四月、小学六年生になった私は、生まれ育った和気郡備前町から、岡山市一宮へ引っ越してきた。

両親と弟は半年ほど前に引っ越しを済ませていて、私だけは、区切りのいい小六の新学期から新しい学校へ通うべき、という父の判断により、備前の叔母の家に預けられ、そこから伊部小学校へ通っていたのだった。私は叔母が大好きだったので、寂しくもなんともなかった。むしろ、叔母の家の子になりたいと思っていたほどだった。

家族のこの引っ越しも「子どもの教育のことを思うと、備前に住み続けるよりも、岡山市に移り住んだ方が、よりレベルの高い中学、高校、大学へ行かせてやれるのではないか」と、父が考えたからだった。

両親は貯金をかき集めて、新興住宅地に建てられたばかりの小さな家を購入した。あたり一帯は「緑町団地」と呼ばれていた。

私は小学校の授業が終わると、すぐ隣にあった保育園へ幼い弟を迎えに行き、ふたりで手をつないで空っぽの家に戻ってきて、両親のどちらかが仕事から帰ってくるのを待っていた。そのような子どもは当時「鍵っ子」と呼ばれていた。家で出迎えてくれる親がいなくて、子ども自身が家の鍵をあけるからである。

このことについても、私は寂しくもなんともなかった。

一、二時間、待っていれば、父か母が帰ってきて、晩ごはんを作って食べさせてくれる。母が夜勤の日には、父が料理を作ってくれた。父の得意料理は焼きめしで、卵と人参と玉ねぎとグリーンピースが入っていて、人参と玉ねぎがいつも生焼けだった。おやつは、バナナを食パンに挟んだものだったりする。父の無骨な料理が私は好きだった。

しかしながら、幼い弟は母の不在がずいぶん寂しかったようである。

あるとき、小学校で放課後、なんらかの用事が発生して、私の迎えが遅れたことがあった。これもせいぜい一、二時間ではなかったかと思うのだけれど、弟はなかなか迎えに来ない姉に絶望し、ひとりでとぼとぼ家に帰ってしまった。保育園から家までは、歩いて二十分くらいか。五歳の男の子にとっては、遠い家路だったはずだ。

家に帰り着いても、ドアには鍵がかかっている。鍵を持っているのは姉だ。弟は家には入れない。そのことに気づいた弟は、ビービー泣きながら、隣の家のドアをノックした。お隣のおばさんは、母の職場である電話局に、電話をかけた。母は大あわてで職場を抜け出して、家に戻ってきた。

と、まあ、こんな事件が何度か発生したせいだろうか、母は、私が中一になったある日、仕事を辞めて家庭に入る決心をしたのだった。

「家にいて、あんたらの面倒をしっかり見ることにした」

と、母は言ったけれど、私の推察によれば、母は電話局の万年交換手でいることに疲れていたのではないか。

学歴のなかった母は、あとから入ってくる後輩たちにどんどん追い抜かれていった。悔しくて情けなくてたまらなかったはずだ。同じ交換手として就職した父は男だったから、研修を受けて、広報の部署に配属されていた。

私の目には、仕事を辞めた母は、いかにもくすんで見えた。

家庭内は、手作りのパン、手作りのアイスクリーム、手編みのセーター、手縫いの枕カバー、などのオンパレードになったものの、母自身は、幸せそうには見えなかった。「忙しい、ああ忙しい、忙しい」と、五七五でつぶやきながら、職場と家を懸命に行き来していたときの母の方が、うんと輝いて見えた。

私は大人になったら絶対に、社会に出て仕事をし続ける女性になりたい、と思うようになった。一方の弟は、私とはまるで正反対の考え方を持つようになる。親は子どもに寂しい思いをさせてはならない、と考えるようになった弟の奥さんは、結婚前も結婚後も、一度も社会に出て働いたことがない。私には想像もできない人生である。とはいえ、弟たちの娘と息子は、どちらもとてもいい子に育って、今はふたりとも社会に出てばりばり活躍しているので、家庭のあり方は人それぞれで良いと思っています。

私の中学時代から高校時代までの六年間――一九六八年（昭和四十三年）から、一九七四年（昭和四十九年）にかけて、日本はどんな国だったのだろうか。独断と偏見によって、おおざっぱにまとめてみると、国民総生産（GNP）がアメリカに次いで世界第二位となり、東大紛争をはじめとする学園紛争が激化し、反体制フォークソングが大流行し、大阪では万国博覧会が開催され、公害が深刻化し、沖縄が本土に復帰し、日中国交が正常化し、高度成長政策が破綻し石油ショックが起こり、物価が急上昇する。そんな時代だった。

大学紛争の激化。これがいちばん心に残っている。

中でも、中学時代に起こった東京大学の安田講堂事件と、高校時代に起こったテルアビブ空港乱射事件は、目にも耳にもくっきりと残っている。こうして、この文章を書いていると、当時、流行っていたフォークソングと共に、映像や画像や人々の声が胸によみがえってくる。

警視庁の機動隊員八千五百人が出動し、催涙ガス弾四千発を打って、東大安田講堂の封鎖を解除してから、約二ヶ月後におこなわれた中山中学校の卒業式で、中三の生徒が述べた答辞は、こんな風だった。聞いていた私は中一だった。

「ぼくたちはこれから、中学校の校門を出て、もっと広い世界へ旅立っていきます。そこでは、大学が燃え、学生たちが怒り、社会を良くしていこうと、行動を起こしています。ぼくらも、日本社会を良くしていくために、闘わないといけません」

これがその頃の、ごく普通の中学生の考えていたことだった。たぶん私も、同じようなことを思っていたのではないかと思う。ちなみにこの年、アメリカでは、ニューヨーク州内にある村、ベセルの広大な農場でおこなわれた「ウッドストック・ミュージック・アンド・アート・フェスティバル」に、全米から約四十万人の、主に若者たちが集結して、ヴェトナム戦争反対の声を上げている。

父によると、

「あの頃の日本の学生運動は、それなりに信念があって、健全な思想があって、まだ良かった。市民も学生の味方じゃった。市民と学生が一体化していた頃には、権力闘争、階級闘争として、まあ、それなりに意義はあったんじゃと思う。それがあのリンチ事件ですっかりだめになった。市民の心が学生から離れていった。当然のことじゃと思うけど」

という。

学生運動の信念や思想や意義が崩壊してしまった背景には、一九七二年（昭和四十七年）に起こったあさま山荘事件があり、その後、群馬県の山中で発覚した仲間内の凄惨なリンチ事件があり、イスラエルのテルアビブ空港で、日本人三人の過激派が起こした無差別・自動小銃乱射事件があった。

罪もない観光客——大半はプエルトリコ人だった——が日本人テロリストの銃弾に倒れた日の翌日、高二だった私は、高校の校内放送で、校長先生の特別な訓示を聞いている。

「みなさんと同じこの高校で学んでいた奥平くんが……」
そうか、私の先輩に当たる学生があの乱射事件を起こしたのか。
このときに受けた強烈なショックは、多感な十代の少女の胸に深く刻まれたものと思われる。事件から約五十年が過ぎて、私は、奥平剛士をモデルにしたフィクション『乱れる海よ』（平凡社）を書いている。

長きにわたって存在しなかった父の昭和絵日記には「かおりの高校時代」と題されたページに、こんな記述がある。

1971年（昭和46年）岡山県立岡山朝日高校へ髪振り乱ての自転車通学。演芸部（筆者注・演劇部のこと）所属、北山修の「戦争を知らない子供たち」に感銘うける。

これを読んで、私は「へええ、お父ちゃん、そんなこと、よう覚えてたなぁ」と、感銘を受けた。よく覚えていた、というか、よく知っていた、というか。

かおりの高校時代

1971年（昭和46年）岡山県立岡山朝日高校へ

髪振り乱しての自転車通学。

演芸部所属、「北山修の

"戦争を知らない子供たち」に

感銘うける。

修学旅行（宮島）　47. 11. 2

私としては、中学・高校時代には、父と膝を突き合わせて何かについて会話をしたり、腹を割って話をしたりした覚えがまったくない。進路について何かを相談したり、悩みを打ち明けたりしたことなども、まったく。

思春期の女の子なら、誰にでもそういう時期があるのかもしれない。私も御多分に洩れず、父を自分から遠ざけていたような気がする。父のことには、ほとんど関心がなかった。ただ、煙たいだけの存在だった。

だから、北山修の書いた『戦争を知らない子供たち』に、私がどれほど強い影響を受けたのか、父が知っていたことが意外でならない。

フォークソング「戦争を知らない子供たち」がヒットしたのは、中三のときだった。ジローズという男性ふたりのグループが歌っていた。この歌の作詞をした北山修が書いて、ヒットの翌年に発表したのがエッセイ集『戦争を知らない子供たち』である。

詳しい内容までは覚えていない。おそらく、北山修の身辺雑記みたいなものではなかったかと思う。あるいは、青春時代の回顧録みたいなものか。

この作品のどこが、何が、なぜそんなにも私に、大きな影響を与えたのか。

答えは「京都」である。

北山修は当時、京都で暮らしていて、著書の中には頻繁に京都が出てきた。

この本を読んで、私は、京都の大学へ行こう、と決意した。

京都へ行かなくてはならない。

京都に住まなくてはならない。

将来、作家になりたいのなら、岡山にいてはいけない。東京まで行く必要はない。京都へ行けばいい。

十五歳の思考としては、おおよそこんな流れであったのだろう。

そして、高三になった私は、それを実行に移す。

「岡大の教育学部へ進んで、学校の先生になれ」

と言って、岡大への進学を進めていた、あるいは、そうなると信じていた父を裏切るような形で、私は「力試しをするだけだから」と嘘をついて、同志社大学と立命館大学を受験し、岡大の答案用紙は白紙で出して、京都への片道切符を手に入れる。

両親はこう考えていた。

岡山大学なら、自宅から自転車で通える。アパート代や生活費を送金する必要もないし、国立大学だから学費も安い。

それでも私は、岡山ではなくて、京都の大学へ行きたかった。北山修の住んでいる京都へ。京都へ行けば、作家になれると信じていた。

「おまえは、十八歳で家出をしたようなもんじゃ」

と言ったのは母だった。

母は正しかった。母は見抜いていたのかもしれない。岡山の家をあとにして、京都へ向かった十八歳のその日以降、私は二度と、実家へ戻って両親といっしょに暮らすことはなかったのだから。

いつだったか、アメリカ人の友人ふたりと三人で、おしゃべりをしていたときのことだった。友人はどちらも母親でもある人たちで、若いひとりはティーンエイジャーの子どもに激しく反抗されて、苦慮しているようだった。先輩の母親は、後輩の母親に向かって、こんなことを言った。

「大丈夫よ。あなたの娘は、いったんあなたから離れていく。それは仕方のないことよ。でも、あなたの娘は必ず戻ってくる。いったん離れて、必ず戻ってくる。

これは真実よ。戻ってくると信じて、手放しなさい」

その言葉を聞きながら、私は思っていた。

いったん離れたまま、戻ってこない子もいますよ、と。


ここで、私が十七年前に書いたエッセイを紹介したいと思います。

『週刊読書人』という新聞の二〇〇七年（平成十九年）十月十九日に掲載された文章で、タイトルは「町の本屋さん　運命の出会い篇　第27回」――編集部の付けた見出しとサブタイトルは「贅沢な少女時代を象徴　足しげく通っていた本屋さん」です。


「細謹舎」――さいきんしゃと読みます。岡山で生まれ育ったわたしが、中学から高校時代にかけて、足しげく通っていた本屋さんの名前。

五木寛之さんや田辺聖子さんの新刊が出るたびに、なけなしのお小づかいをはたいて買い、むさぼり読んでいた、贅沢な少女時代を象徴しているようなお店です。岡山市の表町商店街の一角にありました。

あれは、高校二年生の時でした。

放課後、仲間たちとつるんで、表町に繰り出したわたしたちは、天満屋デパートの屋上でお好み焼きを食べたあと、いつものように商店街をぶらぶら。そして、細謹舎の近くまでやってきた時、友人のひとりが叫びました。

「あ、赤《あこ》うなっとる！」

「ほんまじゃ。細謹舎が燃えとる」

口々に叫びながら、駈け寄ってみると、店の入り口から通りに張り出すようにして置かれている平台が、三島由紀夫の文庫本だけで埋め尽くされていたのです。

白地の表紙に、大きな活字で印刷されているタイトルはすべて、オレンジ色。

『金閣寺』も『仮面の告白』も『潮騒』も『沈める滝』もまるで炎のように燃え上がって……三島由紀夫の割腹自殺直後の出来事でした。

風のたよりに聞いた話では、細謹舎は何年か前に、店じまいをしてしまったとのこと。けれど、わたしの記憶のなかで、細謹舎の店先は今もなお、赤々と燃えています。

この続きには、京都の本屋さん、ブックストア談が登場し、そこで私が初めてのサイン会を開かせていただいたことが書かれている。そしてもう一軒、少年G（夫）と出会ったアバンティブックセンターも出てきて、私たちの「運命の出会い」が語られている。

なんとも悲しく、寂しいことに、三店とも、今はもう存在していない。

当時は、書店へ行って、新刊を立ち読みしたり、好きな作家の本を買って読むことが三度のごはんと同じくらい楽しみだった。これは私に限らず、多くの人たちがそうだった。インターネットもパソコンもスマートフォンもない時代である。実に豊かな読書の時間を、みんなはごく普通に過ごしていた。バスの中でも、バス停でバスを待っているときにも、喫茶店でも、みんな、本を読んでいた。私にとってはつい昨日のできごとなのに、遠い、古き良き時代になってしまった。

それはさておき、先のエッセイには間違いがある。

三島由紀夫が「楯の会」の仲間四人といっしょに、市ヶ谷にある自衛隊に乱入して、軍事クーデターを起こそうとして失敗し、その場で割腹自殺をした事件は、一九七〇年（昭和四十五年）の十一月二十五日に起こっている。新聞には、胴体から刀で斬り離された三島由紀夫の頭部の写真が載っていた。

ということは、私は中三。高二ではなかった。

しかし、放課後、表町商店街へ繰り出していたのは高校時代であって、中学時代ではない。だから、三島由紀夫が割腹自殺をした直後ではなくて、翌年の四月以降に、書店の店頭を埋め尽くしているオレンジ色の文庫本を見た、と書くのが正解だろう。それを「高二」と間違って書いたのは、テルアビブ空港事件と割腹事件の衝撃の両方が、私の脳内で綯《な》い交《ま》ぜになっていたからではないかと推察できる。

一九七四年（昭和四十九年）から四年間、通い続けた同志社大学の思い出は、恋愛以外には、ほとんどない。ひたすら、不毛な恋愛ごっこに明け暮れていた狂想曲時代というか、狂騒曲時代というか。大学一年生のときには、付き合っていた人を無理やり岡山へ連れていき、両親に会わせようとしたりもした。

母は「帰ってください」と、彼に門前払いを食らわし、父は父で奥の部屋に閉じこもったまま、顔を見せようともしなかった。私は私で「それなら今からふたりで京都へ帰っちゃる！」と捨て台詞を残して、彼といっしょに実家に背を向けたりしている。

こんなことは序の口で、第五夜にも少し書いたけれど、大学時代から、卒業後、社会人になって、出版社や学習塾で働いたあと、京都駅八条口の近くにあったアバンティブックセンターでアルバイトをしていたとき、少年Gに出会うまでの日々——年数にすると、十八歳から二十八歳までのちょうど十年間、私は両親の目を盗んで、陰で悪いことばかりしていた、と言っても過言ではない。

悪いことといっても、泥棒や詐欺をしていたわけではないし、せいぜい、酒、煙草、恋愛ごっこを繰り返していた、という程度のことだけれど、でも、やっぱり、純粋無垢な親を騙して、好き放題に暮らしていた不良娘というのは、私のことだろう。

それでも、当時の恋愛ごっこがあったからこそ、後年、せつない恋愛小説がヒットして、小説家としてやっと生計が立てられるようにもなり、また、少年Gが現れたとき「この人は大事な人だ」と認識することができたのだと思うから、不良娘時代は私にとって、必要不可欠な時代であった、とも言える。

素直で努力家でまじめで、よくがんばる子だったはずの私に、しっかりと裏切られた父。きっと、大いに失望していたことでしょう。ひたすら「ごめんなさい」と謝ることしかできません。

父のスケッチブック（原版）にも出てくる「京都の思文閣美術出版社」——正式名称は思文閣出版に、新卒の新入社員として就職したのは、一九七八年（昭和五十三年）四月だった。

この年、キャンディーズが解散コンサートを開き、成田空港がオープンし、日中平和友好条約が調印されている。二月にはボブ・ディランが来日して、東京と大阪で合計十一回もコンサートを開いている。ボブ・ディランのことは記憶には残っていないけれど、十二月にピンクレディーが紅白歌合戦への出場を拒否したことはよく覚えている。

私は二十二歳。

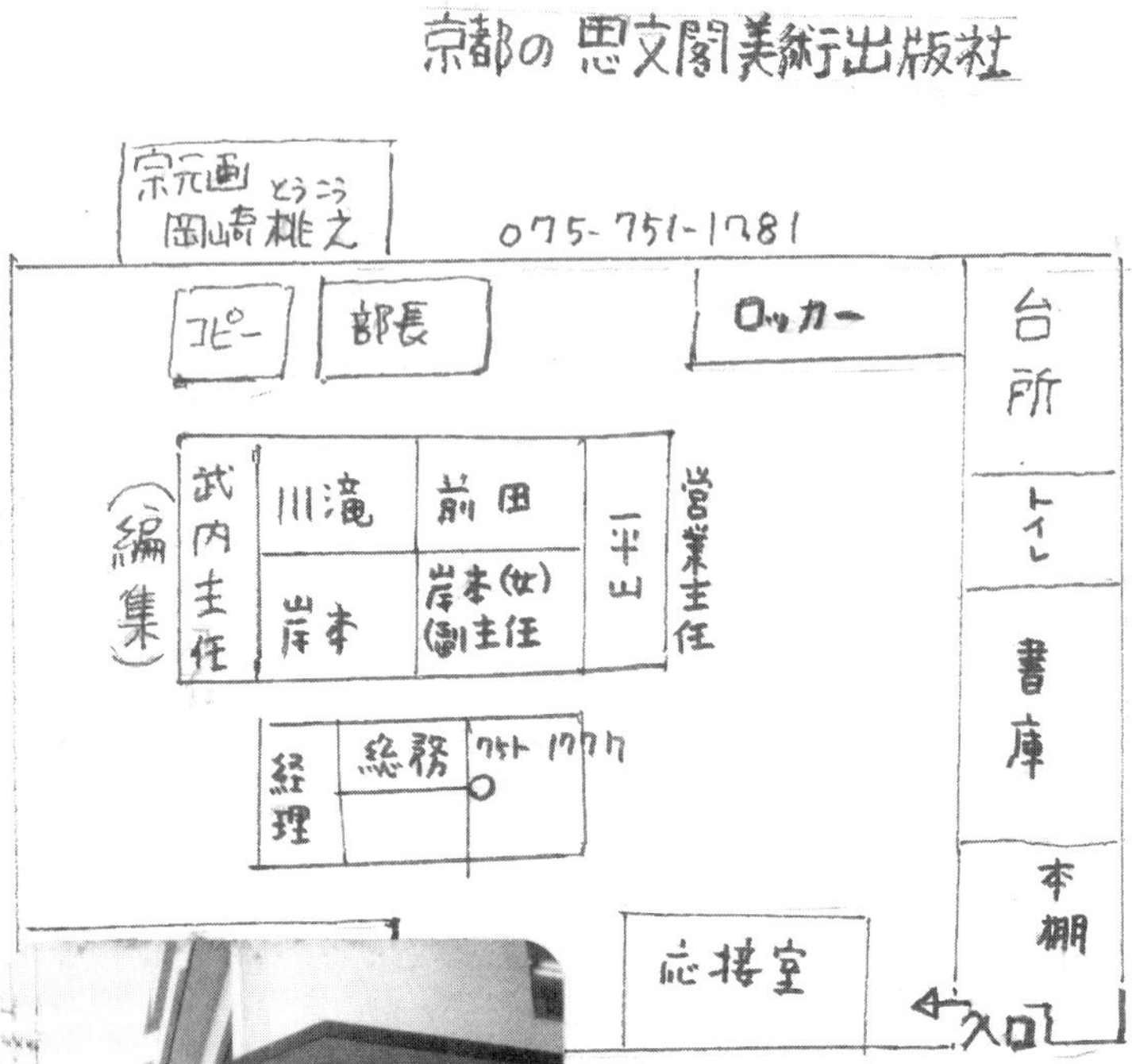
京都の思文閣美術出版社
宋元画
とうこう
岡崎桃之
075-751-1781
コピー
部長
ロッカー
台所
トイレ
書庫
本棚
入口
武内主任
川滝
前田
岸本
岸本(女)
副主任
平山
営業主任
(編集)
経理
総務
751-1777
応接室

思文閣会館

どんな会社員だったのだろう。

午前九時に出社すると、お昼休みが待ち遠しくてたまらず、お昼休みが過ぎると、午後三時のおやつの時間だけを待ち焦がれて働き、おやつを食べたあとは、退社時間の午後五時を今か今かと待っていた。そんな会社員だった、と書けば、私の仕事ぶりも理解していただけることと思う。

これはあとで知って、すごくびっくりしたことだけれど、同じこの会社（当時も「岸本さん」がふたりいた）に、二十八年後、この本の編集者である岸本洋和さんが就職していた。それからおよそ十八年後に、私たちはこうして一冊の本を創ろうとしている。縁というのはこういうものなのだなぁと、しみじみそう思っている。

以下『早春恋小路上ル』（幻冬舎文庫）から、私がどんな会社員だったのか、さらに手に取るようにわかる場面を引いてみる。

入社後、一年が過ぎて、私は二十三歳になっていた。

「女性の時代」と声高らかに謳われるようになる時代は、じつはすぐ近くまでやってきていた。女性向けの転職情報誌「とらばーゆ」が創刊されるのは翌年のことだったし、そのあとにはキャリアウーマン、バリバリのキャリアウーマン、女性管理職、ワーキングマザー、ＤＩＮＫｓ……そんな言葉が鳴り物入りでつづくことになる。けれども思文閣出版の事務所のなかには、まだ、その足音すら聞こえてこないのだった。

「女性社員と畳は、新しいのがいい」

などと言われても、それに抗議する女性もいなかった。

もちろん、だれが何と言おうと、わけアリと言われようと、売れ残りと言われようと、私が会社で働きつづけていたければ、そうすればいいのだ。別に会社のほうから私に「辞めてくれ」と言っているではないのだし。限界があると感じたら、それならその限界を突きぬけていこうとする強さを持って、どこまでもがんばって働きつづけたらいいのだ。それはわかっている。わかっているのだけれど、私にはまだそういう本物の強さがなかった。まわりの人が自分をどのように見ているのか、世間一般の常識（そんなもの、ほとんど意味のないものなのに）に照らしあわせて、自分がどうであるか、そういうことばかりが気になっていた。もうすぐ二十四歳、といえばもうそろそろ結婚退職を控えて、辞表を書いていなくてはならない、そういうプレッシャーが、じわじわと私の背後から迫ってきていた。自分で自分にプレッシャーをかけていたのである、

人は人。自分は自分。何歳で結婚しようと人の勝手。結婚するもしないも人の自由。頭ではわかっているのだけれど、いざ自分のこととなると、心はたちまち振り子のように揺れうごいてしまう。

私はおやつを買って、会社の前までもどってきて立ちどまり、白いマンションを見上げてみた。本当にこのままここに、このビルのなかに埋もれていて、いいのだろうか。でもこの会社を辞めて、いったいつぎに何がしたいのか。女性であること、女性が年齢を重ねていくことが、決して不利にならない職場というのはないものか。そういう職場で、私は一生働きたい。

そんなことを、漠然と考えていた。

私が日本社会にさようならを告げて、アメリカへ渡るのは、この年から十二年

後、女性が年齢を重ねていくことが不利にはならない職業を手に入れ、それだけで生計を立てていけるようになるのは、それからさらに十二年後である。

よくがんばったなぁ、ご苦労さま、と、私は今、二十四歳の私に声をかけてやりたい気分である。

渡米の翌年、文芸誌の新人賞を受賞できたときの父の励ましの言葉を思い出す。

「長いスパンで考えてやっていけ。ぱぁっと脚光を浴びて、ぱぁっと消えていく作家になるな。人気とは、いい気もあるけど、悪い気もある。有頂天になるな」

父はその後、私が岡山に帰省するたびに、似たようなことを言っていた。

「調子のいいときには、いろんな人が集まってくる。調子の悪いときに近づいてきてくれる人をこそ、信頼するべき」

母は母で、賞を取ったのに鳴かず飛ばずの私に、眉をひそめて苦言を呈する。

「今からでも遅うない。もっと堅いお勤めに就いたらどうなんじゃ」

すでに五十を過ぎているのに、英語もさほど達者ではない私に、アメリカで、いったいどんな堅いお勤めができるというのか。

ひとりで帰省し、実家に泊まった夜にはいつも、アメリカの自宅で猫と留守番をしている少年Gに電話をかけて「親にいじめられている」と、泣きついていたものだった。

少年Gはぴしゃりと言った。

「親には感謝しないといけない。育ててもらった恩がある。でも、きみはすでに親から独立し、自立しているんだから、たとえ親であっても、きみを傷つけるようなことを言ったり、したりするのは間違っている。たとえ親であっても、自分が傷つけられていると思うのであれば、距離を置くか、精神的な縁切りをするべきだ」

なるほど、そういう考え方もあるのか、と、感心した。私のまわりにはほぼ無条件で親の愛は絶対的と考える人が多かったので、目の前の霧がさあっと晴れた。島清恋愛文学賞を受賞しても、父は喜ばなかった。全国紙に書評が載っても「地元で評価されていない」と言われた。

子どもの頃から「もっとがんばれ」と言われ続けていた私は、四十代になってもまだ、そう言われ続けていた。でも、だからこそ、私はがんばり続けることができた。

私の仕事ぶりをなかなか認めようとしなかった父が唯一、

「ようやった、それは素晴らしい」

と、褒めてくれたのは、岡山大学で夏期講座を受け持つことになったと、報告したときだった。

父は本当にうれしそうだった。

当時、五十代後半だった私は、昨年までの数年間、ほぼ隔年で、文学部の非常勤講師として「言語表現論　小説の書き方」を教えていた。

これは、父の期待を裏切って岡大の教育学部に進学しなかった私から父への、ささやかな罪滅ぼしになったかなと思っている。


夜も更けてきて、第六夜の語りもそろそろ終わりに近づいてきました。

一九八〇年（昭和五十五年）の夏、会社勤めをわずか二年半で辞めた私の転職先は、学習塾。学習塾で働きながら、本気で小説家を目指し始めた私は二十四歳。父は四十九歳。昭和時代も残すところ、あと七年ほどになっていた。

父の昭和絵日記の真似をして、昭和時代の最後の年月を駆け足で振り返ってみる。あくまでも、私の記憶に強く残っている史実の列挙に過ぎないけれど、どれも、私にとっては「つい昨日のできごと」である。


一九八二年（昭和五十七年）――高校の社会科の教科書検定で、中国への侵略が「進出」と書き換えられる。この新聞報道を受けて、中国政府は日本を批判。

一九八三年（昭和五十八年）――ロッキード事件裁判で、田中角栄被告に懲役四年の実刑判決。女性雑誌の創刊が相次ぐ。ワープロが普及。

一九八四年（昭和五十九年）――韓国の大統領が来日、宮中の晩餐会で「両国のあいだに、不幸な過去が存したことは誠に遺憾」と昭和天皇が声明を発表。

一九八五年（昭和六十年）――羽田発大阪行きの日航ボーイング７４７ジャンボ機が群馬県の御巣鷹の尾根に墜落。死亡した五百二十人の中には、歌手の坂本九さんも含まれていた。

一九八六年（昭和六十一年）――男女雇用機会均等法施行。土井たか子、社会党の党首となる。彼女が日本で初めての女性党首。

一九八七年（昭和六十二年）――村上春樹『ノルウェイの森』上下、ベストセラーとなる。日本赤軍派の幹部、丸岡修逮捕。朝日新聞阪神支局、覆面男に襲撃される。

一九八八年（昭和六十三年）――国会で歌手のアグネス・チャンが子連れ出勤の正当性を主張、アグネス論争が巻き起こる。リクルート事件。昭和天皇吐血、容態悪化。


京都の書店でアルバイトの店員として働いていた私と、お客として店を訪れた英会話講師の少年Gが知り合ったのは、日航機が墜落した年の二月だった。

私たちは、八月に起こった日航機墜落事故のニュースを、自転車で旅行中だった四国の旅館のテレビに釘づけになって見た。

その年の十一月から翌年の二月まで、ふたりでインドへ行った。親には、ふたりで行くのではなくて、グループで行く、と嘘をついて。

インドから日本へ帰国したときには、京都へは戻らず、東京へ出ていった。

そして、昭和から平成に移り変わっていく年月を東京で過ごしたあと、一九九二年に渡米する。

昭和時代の終わった日、私は彼の生家への里帰りにくっついて、ホノルルに滞在していた。

朝、家の半地下の部屋から階段を上がって、キッチンやリビングルームのある二階へ行くと、彼の母親が英語でこう言って、私を出迎えるではないか。

「今朝、日本でとても悲しいできごとがあったのよ。エンペラー・ヒロヒトが亡くなったそうよ。アイム・ソー・ソーリー！」

私への同情でいっぱいの表情になって、彼女は両腕で私をハグしてくれた。少年Gは私の隣で苦笑していた。私が昭和天皇の死を、悼むことはあっても、目に涙を浮かべたりすることはないと、わかっていたからだろう。

父は日本で、岡山で、どんな気持ちでこの日を迎えたのだろうか。

当時の私は例によって、少年Gとの恋愛に夢中だったから、父のことも母のことも眼中になかった。どうやって両親を説得して、アメリカ人である彼と結婚しようか、そのことばかりを考えていた。

お父ちゃん、昭和が終わった日、どんな気持ちになったの。虚しかった？　悔しかった？　どんな気持ちにもならなかった？　ただ「終わった」と思った？

その人のためなら喜んで死んでもいいと思っていた軍国少年は、かつての自分の神様の死をどんな風に受け止めたのか。いつか、訊いてみたいような気もするけれど、訊かなくても答えはわかっているような気もする。

父の昭和絵日記の最後がぷつんと、切れるように終わっていたように、私もぱたんと、この随想集の扉を閉じようと思う。閉じる前に、父に捧げる詩を一篇。感傷的、感情的になるのが大得意な私の書いた、実に感傷的な詩を。

アメリカから日本へ。ウッドストックから岡山へ。

六十代の私から、九十代の父へ。二十六歳だった娘から、五十一歳だった父へ。

何者でもなかった私から、すでに何者かであった父へ。

やなせたかし先生が編集長を務めていた雑誌『詩とメルヘン』一九八二年（昭和五十七年）五月号に掲載された詩のタイトルは「愛の重さ」――。

父さん
昔あなたに
毎月毎月買ってもらった本を

きょうはおもいだしましたよ
ながい汽車の旅でしたから
ぶ厚い本を買って乗った
海辺を汽車が走っていてね
本をとじてひざの上においたとき
ふとおもったのです

この重さは
どこかで感じたことがある

茶色いコートのなかに
かくした本を見つけようと
父さんにしがみついたわたしは
中学生だったでしょうか

小学生だったでしょうか
父さん
あれは重い本でした

本の重みはあなたの愛に似ている
こんなに近くにあって
さりげなくひっそりと
誰に気づかれることもない

エピローグ——がんばれテレさん

二〇二三年の秋、日本に一時帰国をしていたとき、実家へ戻って両親に会った。そのとき「こんなものがあるんじゃけど」と、父は一個の段ボール箱を取り出してきて見せてくれた。中に入っていたのは、日本国内旅行のあれこれを描いたスケッチブックと、多数の四コマ漫画のコピーをみずから切り貼りして作ったと思われるスクラップブックだった。

父が四コマ漫画を描いていたことはもちろん知っていたし、山陽新聞社に出入りしていたことがあった、というようなことも、私は第三夜に書き記している。が、実際に父の描いた四コマ漫画を目にした、というか、まともに読んだのは、そのときが初めてだった。無論、子ども時代に、その一部くらいは見ていたのかもしれない。でも、何も覚えていないのだから、それでは見ていないことになってしまう。

聞けば、これらは、NTTが日本電信電話公社であった時代に、主に中国地方の社員向けに発行されていた「電電中国」という名の社内報に掲載されたものだという。

そうか、父はこんな漫画を描いていたのか。

『がんばれテレさん』の連載の第一回は昭和四十一年四月五日。

当時、私は十歳になったばかりで、父は三十四歳。

いずれも、電話をテーマにして描かれている。昭和時代を色濃く反映させているものもあれば、現代にも通じるような内容のものもある。

その後、本書の編集者の岸本洋和さんが国会図書館へ出向いていって調べてみたところ、連載漫画は、後継の「NTTコミュニティ中国」などにも掲載されていて、なんと、全部で五百回以上もあったそうです。

無数の漫画の中から、岸本さんが選んでくださった六本をおまけとして、巻末に添えておく。

当初は、ひとつひとつの漫画に、こぼれ話やエピソードを書き加えようかと思っていたのだけれど、改めて漫画を見てみたところ、何をどう書いても、私の文章は蛇足になるような気がした。父の作品は作品として、素顔のまま、読者の方々に見てもらうのが良いと思うに至った。

その代わりに、三十代の父が書いたエッセイを書き写しておきます。

これはまるで、今の私自身が書いたエッセイのようなのである。文章もさることながら、言わんとしていることや、胸に秘めている思いや信念まで。「漫画」を「小説」と置き換えれば、すべてがつい昨日の私なのである。

ひとりでも多くの人に笑いを

玉島電報電話局自動運用課　川滝喜正

私の漫画好きは生まれつきですが、本格的に漫画にとりつかれたのは、高校二年のとき。そのころ校内紙に書いていた漫画が、山陽新聞の編集者の目に止まったらしく、すすめられて山陽新聞の中学生版に書かせてもらったときからでした。初めての連載漫画で、締切日に追われながら、週刊ものを一年近く続けましたが、全くの冷や汗ものでした。

すべて芸ごとは、一にも二にも練習あるのみです。漫画といえどもデッサンにつぐデッサンで、理屈抜きに書きまくることが必要です。練習をサボるとすぐへたになってしまいます。これが芸ごとのつらい所——急所だと、練習を怠らないようにしています。そして常にものを観《み》る目を養い感覚を肥やしていくことも重要だと思っています。

その後、へたはへたなりに、あれこれ頼まれるまま、恥も外聞もなく、手当たり次第に漫画ルポなどを書いたものです。おかげで絵筆一本かついで北海道くんだりまで出かけたり、ちょっと行くこともできないような場所まで探訪したりで、おもしろい経験も味わいました。

目下のところ「電電中国」の四コマものをやっていますが、常に電信電話に題材をとっているものですから少々固くなり、マンネリだと評されるのがつらいところです。時折、サザエさんやフジ三太郎などに、電話を扱ったものが出ますが、成るほどといつも感心させられます。たかが漫画ぐらいと思われるかも知れませんが白紙に絵筆一本で創造していくものですから、スカッとした案が頭の中で決まらない限り、いくら書こうとしてもだめなものです。アイデアが出るまでが産みの苦しみで、ばっちりまとまった時のうれしさは格別ですが、そのときはもう次号の締め切りも迫っており、また次の苦しみに挑戦《ちょう》してゆかねばならないというたぐあいです。

漫画創作をとおして、私は創《つく》る苦しみ、創りあげた楽しさを味わっているといえば大げさでしょうか。

これからはもっと勉強して、巧まざるユーモアで、自分自身を漫画の中に生かせるようになりたい。私のつたない漫画を見て、ひとりでも多くの人が、ほほえみを感じてくださるようになりたい。

そう願ってきょうもまた絵筆をなめなめ、創作の世界を模索しています。

がんばれテレさん
No.1
川滝喜正
基本料だけの住宅電話か
少したまってますよ
毎月はらってますッ

がんばれテレさん
No.12
川滝喜正
?
すみませんが…
!
記念のスナップを一枚おねがいします
この赤電話でプロポーズしたんです…

がんばれテレさん
No.90
川滝喜正
困ったな訪問先の家が
みつからないぞ
いい子だからおしえてね
だめよ知らない人と口をきいては…
近頃はうっかり道もきけないや
モシモシどのへんですか?

がんばれテレさん
No. 178
川滝喜正
ウワッ クマだ!
やってますね フフフ
山のでんわ
山についたでんわをみに来たんじゃよ

がんばれテレさん
No.118
川滝喜正
ではよろしく…
セールスマンが帰ったところで…
彼の会社へ電話してみる
もしもし
どうだい…
会社の応対もいいようです。
じゃ買おう!

がんばれテレさん
No.101
川滝喜正
ぶらり街へ出ても
営業から…
つい…
気にしない気にしない
ガチャン

本作は書き下ろしです。本文中のイラストについては、誤字・脱字・誤記などを含めて、すべて原文・原画のまま掲載しました（もともと、個人の楽しみのために描かれた作品ですので、この点、ご容赦ください）。「川瀧」は、本文中では「川滝」と表記しました。「がんばれテレさん」の原画は全点、吉備路文学館に所蔵されています。本作では、切り抜きのコピーを使用して転載いたしました。

引用の原典は以下の通りです。
『夜』エリ・ヴィーゼル著　村上光彦訳（みすず書房）
『落日燃ゆ』城山三郎著（新潮文庫）
65〜66ページの逸見猶吉の詩は『コレクション戦争と文学 満洲の光と影』（集英社）に収録されています。
『アップルソング』（ポプラ文庫）、『炎の来歴』（新潮社）、『早春恋小路上ル』（幻冬舎文庫）は著者の作品です。

吉備路文学館提供

小手鞠るい（こでまり・るい）

1956年3月、岡山県備前市生まれ。伊部小学校→中山小学校、中山中学校、岡山県立岡山朝日高等学校、同志社大学法学部卒業。1992年8月にアメリカに移住。1996年からニューヨーク州ウッドストック在住。児童書、一般文芸作品、ともに著書多数。近著として『女性失格』『瞳のなかの幸福』『泣くほどの恋じゃない』『わたしの猫、永遠』『情事と事情』『幸福の一部である不幸を抱いて』『乱れる海よ』『未来地図』『空から森が降ってくる』『今夜もそっとおやすみなさい』などがある。

川瀧喜正（かわたき・よしまさ）

1931年11月、愛媛県宇和島市生まれ。岡山県第一工業学校（現在の岡山県立岡山工業高等学校）卒業。1953年に日本電信電話公社（現在のNTT）に交換手として入社し、さまざまな支局と部署で、定年まで勤務。その後、ポケットベルの修理会社や県民ガイド新聞社などで働く。1962年から「うそ発見記」「がんばれテレさん」「でんでん野郎」「お元気さん」などの4コマ漫画を機関紙や社内報で連載していた。小手鞠るいとのコラボ作として『お母ちゃんの鬼退治』『川滝少年のスケッチブック』がある。

つい昨日のできごと
父の昭和スケッチブック

二〇二四年九月四日　初版第一刷発行

著者　小手鞠るい
発行者　下中順平
発行所　株式会社平凡社
〒一〇一-〇〇五一
東京都千代田区神田神保町三-二九
電話　〇三-三二三〇-六五七三［営業］
https://www.heibonsha.co.jp/

印刷・製本　シナノ書籍印刷株式会社

ISBN 978-4-582-83966-1
落丁・乱丁本のお取り替えは小社読者サービス係まで
直接お送りください（送料は小社で負担いたします）。

［お問い合わせ］
本書の内容に関するお問い合わせは
弊社お問い合わせフォームをご利用ください。
https://www.heibonsha.co.jp/contact